그림 없는 그림책

그림 없는 그림책

한스 크리스티안 안데르센 지음 | 김영룡 옮김

인디북

달님이 본 것

〔이 글을 읽는 분들께〕

참 이상한 일이에요! 아주 벅찬 감정을 느끼면 마치 손과 혀가 얼어붙은 듯이 내 안에 생동하는 생각을 묘사할 수도 말로 표현할 수도 없으니 말이에요. 그런데도 난 화가랍니다. 내 눈으로 봐도 그렇고, 내 스케치며 그림을 본 모든 이들이 그렇게 인정해 주니까요.

나는 가난한 청년이에요. 저 너머 좁은 골목 한켠에 살고 있지만, 볕은 잘 든답니다. 지붕이 내려다보이는 높은 곳에 살거든요. 이 도시에 처음 이사 온 며칠간은 너무 답답하고 외로웠어요. 숲이나 푸른 언덕 대신에 지금은 잿빛 굴뚝들만 지평선을 이루고 있을 뿐이니까요. 게다가 친구 한 명, 날 반겨 주는 낯익은 얼굴 하나 없었지요.

 어느 날 저녁 우울한 맘에 창가에 서서 창밖을 바라보았지요. 아, 얼마나 기쁘던지! 낯익은 얼굴을 본 거예요. 둥그렇고 다정한 얼굴, 머나먼 고향에서부터 줄곧 바라본 가장 친한 친구의 얼굴을 말이에요. 바로 달님이었지요. 목초지와 늪지 사이에서 나를 굽어보던 바로 그 모습 그대로 변함없는, 오랜 친구 달님이었지요. 내가 손으로 달님에게 키스를 보내자 달님은 내 방 안을 비추며, 매일 저녁 내 방에 잠깐씩 들르겠노라고 약속을 하는 게 아니겠어요? 너무 짧게 머물다 가는 게 안타깝긴 했지만 달님은 약속을 충실히 지켰지요. 달님은 찾아올 적마다 그 전날 밤, 혹은 그날 저녁에 보았던 것을 한두 가지씩 이야기해 주곤 했지요.
 "내가 이야기해 주는 것을 한번 그려 보렴."
 첫날 밤 달님은 이렇게 말했어요.
 "그러면 넌 아주 예쁜 그림책을 갖게 될 거야."

내 나름의 새로운 '천일야화'를 그림으로 그려 낼 수도 있겠지만, 그렇게 되면 너무 많은 이야기로 지루한 책이 되지 않을까요? 여기에 그려 놓은 그림들은 내가 마음대로 고른 것이 아니라 달님이 내게 들려준 순서대로 나열한 것이에요. 위대한 천재적인 화가나, 시인 또는 음악가라면 맘만 먹으면 좀 더 훌륭한 것을 만들어 낼 수도 있겠지요. 내가 보여 주는 것은 종이 위에 서둘러 그려 본 스케치일 뿐이에요. 드문드문 내 생각도 들어 있지요. 달님이 매일 저녁 하루도 빠짐없이 내게 올 수 있었던 건 아니었어요. 때론 구름 한두 개가 달님을 가리는 날도 있었거든요.

달님이 들려준 이야기를 여기 그대로 옮깁니다.

첫 번째 밤

지난밤에 인도의 맑은 대기를 미끄러지듯 지나며 갠지스 강에 내 얼굴을 비추고 있었지. 나는 마치 거북이 등처럼 아치 모양으로 얽혀 있는 오래된 플라타너스 나무 사이를 헤집고 내 달빛을 비추려 하고 있었어.

그때 저 깊은 숲속에서 마치 영양과도 같이 날렵하고 이브처럼 아름다운 힌두처녀 아이가 걸어 나왔어. 겉보기는 연약해도 삶의 충만함으로 가득해 보이는 인도의 딸이었어! 난 그녀의 섬세한 표정 속에 감춰진 생각을 읽을 수 있었지. 가시 덩굴에 샌들이 찢기면서도 그녀는 급히 앞으로 나아갔지. 강가에서 목을 축이고 돌아오던 맹수 한 마리가 그녀를 피해서 펄쩍 뛰어 달아나더군. 왜냐하면 그녀가 손에 등불을 들고 있었거든. 바람에 등불이 꺼지는 것을 막으려고 그녀가 손을 들어올리자 가녀린 손가락에 피가 묻어 있는 것을 볼 수 있었어.

그녀는 강가로 내려가서는 들고 있던 등불을 강물 위에 띄워 보내더군. 그 등불은 강물을 따라 떠내려갔지. 불꽃은 금방이라도 꺼질 듯이 흔들렸지만 꺼지지 않고 계속 타올랐지. 기다란 비단실 같은 속눈썹을 한 그녀의 빛나는 검은 눈동자는 근심어린 눈길로 등불을 주시하고 있었어.

등불이 더 이상 보이지 않을 때까지 꺼지지 않고 내려간다면, 사랑하는 이가 아직 살아 있다는 징표라는 것을 이 힌두처녀는 알고 있었던 거지. 만일 등불이 꺼지면 사랑하는 이가 죽은 것이고 말이야. 그런데 등불은 위태위태하게 계속 타고 있었고, 이 힌두처녀의 가슴도 그처럼 타들어 가며 심하게 떨리고 있었어. 그녀

는 무릎을 꿇고 기도를 했어. 바로 그녀 옆의 풀숲에는 음산한 뱀 한 마리가 도사리고 있었는데도 개의치 않았어. 오직 브라마의 세계와 사랑하는 약혼자 생각만을 하고 있었던 거야.

"그이가 살아 있다!"

기쁨에 넘쳐 그녀가 소리를 질렀지. 그러자 산에서 메아리가 울려 왔어.

"그이가 살아 있다!"

두 번째 밤

 어젯밤에는 말이야. 온통 집으로 둘러싸인 작은 마당을 내려다보고 있었어. 뜰 안에는 병아리 열한 마리를 거느린 암탉이 한 마리 있었지. 근데 예쁜 어린 소녀가 갑자기 거기로 펄쩍 뛰어 들어오는 게 아니겠어. 깜짝 놀란 암탉은 꼬꼬댁 꼬꼬댁 소리를 지르며 날갯죽지를 펼쳐서 병아리들을 감싸더라고. 그러자 소녀의 아버지가 나타나 어린 소녀를 나무라더군. 그리고 나는 별다른 생각 없이 그곳을 떠나갔어.
 그런데 오늘 저녁에, 그러니까 불과 몇 분 전에 어제

본 그 마당을 내려다보았거든. 쥐죽은 듯 고요했는데 갑자기 그 어린 소녀가 나오는 거야. 소녀는 닭장 쪽으로 살금살금 다가가더니만 닭장 문을 열고 그 안으로 들어가는 거야.

암탉과 병아리들이 꼬꼬댁 꼬꼬댁 요란스럽게 소리를 지르고 날개를 퍼덕거리며 여기저기로 도망 다니는데, 아이는 그 뒤를 쫓아다니더군. 닭장 벽에 난 구멍 사이로 그 광경을 똑똑히 볼 수 있었지.

나는 이 못된 아이에게 화가 치밀었는데, 마침 아이의 아버지가 나와서 내심 기뻤어. 그는 소녀의 팔을 거칠게 잡아당기며 어제보다 더 호되게 야단을 쳤지. 소녀가 고개를 다시 들었을 때는 푸른 눈동자에 눈물이 그렁그렁 고여 있었지.

"너 여기서 뭘 하는 게냐?"

아버지가 물었지. 소녀는 울면서 대답했어.

"암탉에게 뽀뽀를 해 주고 어젯밤 놀라게 한 일을 용서해 달라고 말하려고 왔어요. 아빠한텐 무서워서 말할 수가 없었어요."

그러자 아버지는 이 순진무구한 소녀의 이마에 살짝 키스해 주었지. 그리고 나도 소녀의 눈과 입에 입맞춤을 해 주었어.

세 번째 밤

저기 모퉁이를 돌면 어둡고 좁은 골목이 나오지. 너무 비좁아서 담장을 따라 내가 겨우 1분밖에 비추어 줄 수 없는 곳이지. 근데 이 짧은 시간에도 난 여기서 벌어지는 세상만사를 충분히 알아차리지. 그 골목에서 한 여인을 보았어. 16년 전 그녀가 어린아이였을 때, 그녀는 어느 시골의 목사관에서 놀고 있었지. 목사관의 장미넝쿨 울타리는 쓰러져 가고, 꽃은 다 시들어 있었어. 장미 넝쿨은 길가까지 멋대로 자라나서 기다란 가지로 사과나무들을 휘감고 있었어. 거기에 장미 한 송이가

아직 피어 있었어. 평소 꽃의 여왕인 장미가 지닌 자태는 찾아볼 수 없을 정도로 볼품없었지. 아직 꽃빛깔도 그대로 있고 향기도 나는 꽃이었지만 말이야. 목사의 어린 딸이 내겐 훨씬 예쁜 장미꽃으로 보였지. 그 아이는 장미 넝쿨 아래 벤치에 앉아서 입을 앞으로 내밀어 쏙 들어간 볼을 하고는 인형에게 살짝 뽀뽀를 하고 있었어.

십 년이 지난 뒤 그녀를 다시 보게 되었지. 아주 화려한 무도장이었는데 그녀는 부유한 상인의 청초한 신부였어. 그녀의 행복에 무척 기뻐하며, 고요한 밤이면 그녀를 찾아갔지. 아, 내가 얼마나 날카로운 눈으로 지속적으로 세상을 바라보고 있는지 관심두지 않겠지만, 나는 나의 아름다운 장미가 마치 목사관의 장미 넝쿨처럼 멋대로 살아가는 것을 줄곧 지켜보았지! 모든 일상생활은 비극을 만들어 내기도 하지만, 난 오늘 밤 그 비극의 마지막 장면을 목격했지.

저 좁은 골목 안 초라한 집에 그녀는 죽을병에 걸려 침대에 누워 있었어. 그때 포주가 와서 그녀의 이불을 잡아채면서 외치는 거야.

"어서 일어나! 네 얼굴만 봐도 손님들이 다 도망가겠다. 일어나 단장을 해. 돈을 벌어오지 않으면 길거리로 내몰아 버릴 테다. 빨리 일어나, 어서!"

"죽음이 제 심장을 갉아 먹고 있어요. 제발 좀 쉬게 해 주세요!"

그녀가 말했어.

그러나 포주는 그녀를 기어코 침대에서 끌어내서 볼에 분을 바르고 머리를 장미꽃으로 치장해서 창가에 앉히고 등불을 그녀 옆에 바짝 가까이 놓고는 사라지더군.

난 그녀를 물끄러미 지켜보았어. 그녀는 미동도 않고 물끄러미 앉아 있더니만, 손을 힘없이 무릎 위로 떨어뜨렸지. 열려 있던 창문이 바람에 쾅하고 닫히면서 유리창이 깨졌지만 그녀는 고요하게 앉아만 있었어. 커튼이 마치 불길처럼 그녀 주위로 펄럭이고 있었어. 그녀는 이미 죽은 거야. 그녀의 주검은 열린 창문을 통해 보는 이들에게 도덕적인 설교를 하고 있는 듯했어. 오! 그 옛날 목사관의 아름다웠던 나의 장미여!

네 번째 밤

오늘밤에는 독일 연극을 봤어. 작은 도시였어. 마구간을 극장으로 개조한 곳이었는데, 말을 가두던 칸들은 그대로 놔두기는 했지만 깨끗하게 닦아 객석을 만들고, 나무 기둥들은 모두 색종이로 알록달록하게 치장해 놓았더군. 낮은 아치형 천장에는 쇠로 만든 작은 샹들리에가 매달려 있었는데 말이야. 이 샹들리에는, 마치 큰 극장에서처럼 무대 진행자가 땡땡땡 종을 치면, 위로 올라가서 천장에 매달린 통 속으로 들어가게 되어 있었어.

이윽고 땡땡땡 종소리가 나면서 작은 샹들리에가 반야드쯤 튀어 올라가자, 이제 연극이 시작될 거라는 걸 알 수 있었지. 그런데 이 도시를 여행하던 젊은 영주가 부인과 함께 이 공연을 보러 와 있었어. 공연장은 발 디딜 틈 없이 대만원이었는데, 다만 샹들리에 아래만이 푹 파인 분화구처럼 비어 있었어. 왜냐하면 여기에는 샹들리에의 촛농이 똑똑 떨어지고 있어서 어느 누구도 앉으려 하지 않았기 때문이지. 공연장 안이 너무 더워 문과 창문을 열어 놨기 때문에 나는 이 광경을 모두 볼 수 있었지. 그리고 동네 아이들이 열린 창문에 기대서 안을 들여다보고 있었어. 창문 안쪽에 앉아 있던 경찰들이 곤봉으로 이 아이들이 들여다보지 못하게 겁을 주고 있었는데도 말이야.

오케스트라 바로 옆의 낡고 예스런 팔걸이의자에 젊은 영주 내외가 앉아 있는 것이 보였어. 이 자리는 평소에는 시장 내외가 앉던 자리였지. 오늘밤에는 시장 내외도 다른 시민들과 마찬가지로 딱딱한 나무 의자에 앉아야 했어.

'높은 사람이 오면 아랫사람은 물러나기 마련이지!' 여인네들이 이 광경을 보며 맘속으로 통쾌해 해서인지 장내는 더욱더 흥겨워졌지. 샹들리에는 춤을 추고, 공짜 구경하는 아이들은 손가락을 얻어맞고 말이야. 그리고 나는? 나는 이 모든 코미디를 지켜보고 있었지.

다섯 번째 밤

 어젯밤에 분주한 파리 시내를 내려다보고 있었어. 루브르 궁전의 한 작은 방을 들여다보았지. 남루하게 차려입은 할머니가 시종을 따라서 텅 빈 커다란 옥좌가 있는 방으로 들어가고 있었어. 할머니는 이 방을 꼭 한 번 보고 싶었어. 꼭 봐야만 했던 거지. 이곳에 오기까지 할머니는 여러 차례 돈도 찔러 주고 수없이 사정해야만 했지. 그녀는 마치 교회 안에라도 들어온 양, 앙상한 두 손을 부여잡고 경건하게 방 안을 둘러보았어.
 "여기야! 바로 여기야!"

할머니는 소리치면서 황금색 레이스 술이 많이 달린 벨벳이 깔린 옥좌로 다가갔지.

"그래, 여기야 여기!"

할머니는 이렇게 말하고는 무릎을 꿇고 자줏빛 양탄자에 입을 맞추었지. 할머니는 울고 있는 것 같았어.

"그때 그 벨벳이 아니에요."

시종은 입가에 미소를 지으며 말했어.

"하지만 장소는 여기가 맞아. 그때와 똑같아!"

할머니가 말했어.

"비슷하기는 한데 똑같은 것은 아니에요. 창문은 모두 깨져 있었고, 문도 부숴진데다 바닥엔 피가 흥건했지요. 물론 할머니께선 손자가 프랑스 왕좌에서 죽었다고 말씀하실 수 있지만요."

시종이 말했어.

"그래, 내 손자가 여기서 죽었어!"

할머니가 되풀이해서 말했어. 두 사람은 더 이상 아무 말도 하지 않았지. 두 사람은 방을 나갔어. 저녁 어둠이 내리자 난 프랑스 왕좌에 덮여 있는 벨벳을 두 배

는 더 밝게 비추어 주었지.

 그 할머니가 누구였을 것 같니? 내가 이야기를 들려 줄게. 1830년 7월 혁명 때의 이야기야. 모든 집이 하나의 요새였고 모든 창문들이 엄폐물이던 그 시절 가장 빛나는 승리를 거둔 바로 그날 저녁 무렵이었어. 여자와 아이들까지도 모두 전투에 참여하고 있었지. 혁명군은 궁궐의 방과 홀로 밀고 들어갔어. 누더기를 걸친 어린 소년이 나이든 병사들 사이에서 아주 용감하게 싸우고 있었지. 이 소년은 여러 차례 총검에 찔려 쓰러졌어. 왕좌가 있던 바로 그 방에서 벌어진 일이지. 사람들은 그 소년을 왕좌에 누이고 벨벳을 찢어 상처를 동여맸지. 피는 멈출 줄 모르고 솟구쳐 나와 왕의 자줏빛 양탄자로 흘러내렸어.

 그 장면을 한번 상상해 보렴! 화려한 궁전의 홀, 전투하는 무리! 왕궁의 깃발은 찢겨 땅바닥에 놓여 있고, 자유, 평등, 박애의 삼색기가 총검에 휘날리고, 옥좌 위의 소년은 핏기 없는 창백한 얼굴로 하늘을 응시한 채 사지가 죽음의 고통에 뒤틀리고, 그의 드러난 가슴과 남루한 옷은 은빛 백합으로 수놓아진 왕의 고급스런 벨벳으로 덮여 있는 모습을 말이야. 소년이 아직 요람에 있을 때 이런 예언을 들었지.

"이 아이는 장차 프랑스 왕의 옥좌에서 죽을 것이다."

예언을 들은 소년의 어머니는 내심 제2의 나폴레옹을 꿈꾸지 않았을까.

나는 소년의 무덤에 새겨져 있는 불멸의 화환에 입맞춤을 하고, 밤에 꿈을 꾸며 그 광경을 바라보고 있는 그 늙은 할머니의 이마에도 입맞춰 주었지. 지금 네가 이 책에 그려 낼 바로 그 광경 말이지. '프랑스 왕좌 위의 불쌍한 소년!' 말이야.

여섯 번째 밤

스웨덴의 웁살라에 다녀왔어. 나는 메마른 풀과 황량한 들판이 있는 거대한 평야를 내려다보고 있었어. 내가 휘리스 강에 얼굴을 비춰 보고 있는데, 증기선이 나타나자 물고기들이 갈대숲으로 도망가 버리더군. 내 아래로 구름이 몰려와서 오딘, 토르 그리고 프레이야의 무덤에 기다란 그림자를 드리우더군. 듬성듬성 잔디가 뒤덮인 언덕 위에는 이름들이 새겨져 있었어. 여기에는 여행자가 자신의 이름을 새길 고인돌도 없었고, 그림을 그릴 만한 암벽도 없었어. 그래서 여기를 방문한 사람

들은 자신들의 이름을 풀밭에 새겼던 거야. 파헤쳐진 맨땅에 철자가 드러나고 이름이 드러났지. 이 글자들은 마치 그물처럼 언덕을 온통 뒤덮고 있었어. 새로 잔디가 자라기까지는 절대 지워지지 않겠지.

거기에 한 남자가 서 있었어. 음유시인이었지. 그는 은테로 장식된 술잔으로 감로주를 들이키면서 어떤 이름을 중얼거렸어. 그는 그 이름을 알려 주지 말라고 바람에게 부탁했지만, 난 그 이름을 들어 버렸지. 아는 이름이었어. 백작 가문의 이름이라는 것이 번뜩 뇌리에 스치더군. 아마 그래서 이름을 크게 말하지 못한 것이겠지. 난 미소 지었어. 그를 보고 위대한 시인의 이름이 번개처럼 떠오른 거였어. 르네상스 시대 이태리의 명문 에스테 가(家)의 딸 엘레오노라가 사랑한 당대의 최고 시인 타소라는 이름 때문에 귀족가문의 이름이 기억되고 있는 것 아니겠니? 게다가 난 알고 있어, 그 아름다운 장미가 어디에 활짝 피어 있는지 말이야.

구름이 달님 아래를 지나가자, 달님은 이렇게 말하였

습니다.

"그 어떤 구름도 저 시인과 장미꽃 사이에 제발 끼어들지 말지어다!"

일곱 번째 밤

 해안을 따라 전나무와 참나무가 숲을 이루고 있는데, 그렇게 신선하고 향기로울 수가 없지. 그 숲에 연초에는 수백 마리의 나이팅게일이 몰려들곤 하지. 매번 파도에 모습을 달리하는 바다가 인접해 있고, 바다와 숲 사이에는 넓은 모랫길이 나 있어. 마차들이 연이어 굴러가고 있었지만, 나는 눈길을 주지 않았지. 난 어떤 한 지점만을 바라보고 있었어. 거기에는 돌무덤이 있었는데, 돌 틈으로 산딸기와 자두나무가 무성했지. 여기에 바로 자연의 장엄한 시가 한 편 있는 것이지. 사람들은

그것을 어떻게 이해할까? 내가 어젯밤에 거기서 들은 것을 이야기해 줄게. 그 지역의 부자 두 사람이 마차를 타고 지나가고 있었어.

한 사람이 말했어.

"아주 훌륭한 나무들이구먼!"

다른 사람이 말했어.

"한 그루에 장작 열 짐씩은 나오겠는걸!"

"올겨울도 만만치 않을 걸. 지난겨울엔 땔감 한 짐에 14탈러(유럽에서 15~19세기에 통용되던 은화)씩 받았었지."

이런 말을 나누며 그들은 사라져 갔어.

다른 마차꾼이 말했어.

"여기 길 한번 엉망이군."

그 옆에 앉아 가던 이가 말했어.

"저 빌어먹을 나무들이 있어서 그래. 바닷바람 말고는 제대로 된 바람이 불어오질 않아."

이런 말을 남기고 이들도 사라져 갔어.

역마차가 지나가더군. 경치가 그렇게 좋은 곳을 지나가는데도 승객들은 모두 잠만 잤어. 이때 마부는 나팔

을 불면서 이런 생각을 했지.

'내가 나팔을 잘 불어서 소리가 무척이나 멋지게 들리는군. 승객들도 맘에 들려나?'

그러고는 역마차는 지나갔어. 이번에는 말을 탄 두 명의 젊은이가 다가왔어. 젊음과 패기가 그들의 핏속에 흐르고 있었어. 이끼 낀 언덕과 울창한 숲을 보더니 입가에 미소를 지었지.

"여기서 방앗간의 크리스틴과 산책을 하고 싶군!"

그 중의 한 명이 이 말을 남기고 그들도 사라졌어. 대기에 꽃향기가 가득하고, 바람 한 점 없어 마치 바다가 깊은 계곡에 펼쳐져 있는 하늘로 보일 정도였어. 마차 한 대가 또 지나갔어. 마차 안에는 여섯 사람이 타고 있었는데, 그 중 네 명은 잠이 들었고, 다섯 번째 사람은 새로 맞춘 여름 양복이 잘 맞아야 할 텐데 하는 고민에 빠져 있었고, 여섯 번째 사람은 창밖으로 고개를 내밀고 저 돌무덤에 어떤 특별한 사연이라도 있는가 물었지. 그러자 마부가 대답했어.

"아니오, 단지 돌무더기일 뿐이고요, 저기 있는 나무

들이 특별합죠!"

"말해 보세요, 저 나무들이 무엇이 특별한지."

"저 나무들은 무척 특별하죠. 겨울에 눈이 아주 많이 쌓여서 어디가 어딘지 알 수 없게 되는데, 저 나무들을 보고 길을 분간할 수 있죠. 안 그러면 바다에 빠지고 말 거예요. 그래서 이 나무들이 아주 특별한 거죠."

그들도 계속 길을 재촉하였지. 이번에는 화가 한 명이 다가왔는데, 그는 한마디 말도 하지 않고 눈을 빛내며 휘파람을 불었어. 그러자 나이팅게일이 지저귀기 시작했는데, 점점 더 시끄러워졌지. 그러자 화가가 소리쳤어.

"입 닥쳐!"

그리고 그는 모든 색을 스케치로 담아 내었어.

'파랑, 보라, 진갈색! 아주 멋진 그림이 될 거야!'

그는 마치 거울에 비춘 것처럼 경치를 화폭에 담아 내면서, 로시닌의 행진곡을 휘파람으로 불렀어. 마지막으로 가난한 소녀가 다가왔어. 들고 있던 짐을 내려놓고 무덤가에서 쉬더군. 소녀는 창백하고 아름다운 얼굴을 숲 쪽으로 돌려 무언가에 귀를 기울이고 있었는데, 두 눈은 높은 하늘과 저 멀리 있는 바다를 응시하며 반짝였지. 두 손을 모으고, 아마도 내가 보기에는 기도를 하는 것 같았어. 그녀 자신도 자신의 내면을 꿰뚫고 지나가는 감동을 이해하지 못했어. 그러나 나는 알았지. 지금 이 순간의 감동과 주변의 풍경이 그 어떤 화가가 아름다운 색채로 종이에 옮겨놓은 것보다도 더 생생하게 그녀의 기억 속에 오래 남을 것이라는 것을. 나는 여명이 소녀의 이마에 입맞춤을 할 때까지 소녀를 따라다니며 비추어 주었지.

여덟 번째 밤

 오늘 밤은 짙은 구름이 잔뜩 끼어서 달님이 나올 수 없었습니다. 내 좁은 방 안에서 그 어느 때보다 곱절이나 심한 외로움에 싸여, 달님이 나왔어야 할 하늘을 우두커니 바라보았습니다. 난 상념에 휩싸여 내게 매일 밤 찾아와 아름다운 이야기를 들려주고 여러 가지 아름다운 장면들을 보여 주는 나의 멋진 친구 달님을 생각했습니다.

 달님이 어떤 일인들 경험하지 못했을까. 노아의 홍수 때에는 물로 덮인 세상을 넘나들며 노아의 방주를 향해서, 지금 나에게 그러하듯이 현실에 대한 위로와 함께 새로이 펼쳐질 세계에 대한 희망의 달빛을 비추어 주었겠지. 이스라엘 백성들이 바빌론 강가에서 울고 있을 적에는 침묵의 하프가 걸려 있는 버드나무 가지 사이를 통해 그들을 애통한 마음으로 내려다보고 있었겠지. 로미오가 발코니를 타고 올라가서 사랑의 키스를 나누고 진실한 사랑의 맹세로 하늘로 올라갈 적에도 달님은 어두운 삼나무 그늘에 몸을 반쯤 숨기고 맑은 하늘에 떠 있었을 겁니다.

달님은 세인트헬레나 섬에 유배된 위대한 영웅도 보았겠지요. 외딴 바위 위에 서서 저 넓은 대양을 응시하던 영웅의 가슴에는 위대한 상념들이 가득 차 있었겠지요. 그리고 달님이 어떤 이야기인들 못하겠습니까. 세상사가 달님에게는 모두 한편의 동화니까요.

나의 오랜 친구여! 오늘밤에는 너를 보지 못하는군. 오늘은 네가 들려주는 이야기의 그림도 그릴 수 없겠고. 이런 생각에 꿈꾸듯이 하늘을 바라보자 구름이 잠시 사라지고 하늘이 맑아졌습니다. 한 줄기 달빛이 비추더니 이내 사라졌습니다. 짙은 구름이 다시 몰려왔습니다. 그 한 줄기 빛은 달님이 나에게 보내는 정다운 밤 인사였던 거지요.

아홉 번째 밤

다시 하늘이 맑게 개었습니다. 여러 밤이 지나고 달님은 이제 상현달이 되었지요. 달님은 다시 내가 스케치할 아이디어를 주었습니다. 자, 달님이 들려주는 이야기를 들어 볼까요.

난 북극새와 헤엄치는 고래를 따라서 그린랜드의 동해안까지 가게 되었지. 얼음과 눈에 덮인 암벽이 산딸기가 무성하고 관목이 울창한 계곡을 감싸고 있었고, 풀들은 달콤한 향기를 퍼뜨리고 있었어. 내 빛은 희미

하고, 내 얼굴은 마치 줄기가 꺾인 채 몇 주 동안 바닷물에 떠밀려 다닌 수련 꽃잎처럼 창백했지. 장엄한 오로라는 강렬하게 북극하늘 가득 불꽃처럼 타오르고 있었고, 적록색 띠를 넓게 두르고 있었어.

북유럽인들이 모여 춤을 추며 축제를 즐겼지만 별 관심을 두지 않았어. 그건 매번 보는 광경이니까. 그들의 미신에 따르면 오로라는 단지 '죽은 이들의 영혼이 바다코끼리의 머리로 공놀이 하는 것'일 뿐이라는 거야. 그들은 죽은 자들끼리 놀도록 내버려둬야 한다고 여기고 노래와 춤추기에만 집중했지.

둥글게 모여 선 사람들 가운데 모피옷을 입지 않은 남자가 작은북을 두드리며 물개사냥 노래를 부르더군. 나머지 사람들은 코러스를 넣었어. "에이야, 에이, 아 —" 이렇게 말이야. 흰털 옷을 입고 원무를 추는 모습이 마치 북극곰들의 무도회 같더군. 하지만 동작들은 무척 냉엄했지.

그러고는 재판이 벌어졌어. 분쟁 중인 두 사람이 나오더니, 먼저 원고 쪽 사람이 상대방의 잘못을 즉흥적

으로, 그러나 조롱과 비난을 섞어 북소리 장단과 춤에 맞춰 열거하자, 고발당한 사람도 마찬가지로 영악하게 반박을 하더군. 모인 사람들은 배꼽을 잡고 웃고 판결이 내려졌지.

얼음산들이 녹아내리며 우지직 소리를 내고, 거대한 빙하가 녹아내리고, 커다란 얼음덩어리들이 미끄러져 산산이 부서지곤 하더군. 그린랜드의 아름다운 여름밤 풍경이었어.

거기에서 백여 미터 떨어진 곳에 있는 가죽 천막 안에는 한 병자가 누워 있었어. 아직 따스한 피가 돌고 있기는 하지만 그는 곧 죽을 운명이었고 자신도 그렇게 믿고 있었으며 주변의 사람들도 그 사실을 잘 알고 있었어. 그래서 그의 아내도 나중에 시신에 손을 댈 필요가 없도록 남편에게 털로 만든 수의를 입혀 놓고 바느질을 하고 있었지. 그녀는 남편에게 물었어.

"당신, 저 만년설이 쌓여 있는 바위에 묻어 드릴까요? 당신이 쓰던 카약과 화살로 장식해 드릴게요. 주술사를 불러 당신 영혼을 위해 춤추게 할게요. 아니면 차

라리 바다가 나을까요?"

"바다가……."

남편은 힘없이 속삭이고는 슬픈 미소를 지으며 고개를 끄덕였지. 그러자 부인은 대답했어.

"그래요. 수장하기에는 여름날이 아주 좋지요. 수천 마리의 물개들이 물속에서 뛰어놀고, 바다코끼리는 당신 발치에서 잠이 들 테니까요. 거기에서 사냥은 아마 안전하고 즐거운 일이 되겠지요, 여보!"

아내가 말을 마치자, 자녀들이 눈물을 훌쩍이며 창에 쳐져 있던 넓은 가죽을 걷어냈어. 시신을 바다로 옮기기 위해서였지. 살아서는 일용할 양식을 주고 죽어서는 안식처를 제공하는 바다로 말이야. 밤낮 떠도는 빙산이 이제 그의 묘비가 되겠지. 그 위로는 물개들이 꾸벅꾸벅 졸고, 바다제비들이 넘나들겠지.

열 번째 밤

 평생 결혼도 하지 않고 살아가는 늙은 할머니 한 분이 있었어. 그 할머니는 겨울이면 노란색 털옷을 걸치고 계셨는데, 항시 새 옷이었어. 왜냐하면 이 털옷이 할머니가 멋내고 차려입는 유일한 외출복이었거든. 여름이면 항시 똑같은 밀짚모자에, 똑같은 청회색 치마를 입고 있었어. 골목 건너편 오랜 친구네 집에 놀러 가곤 하셨는데 작년에 그 친구 분이 돌아가시고는 그 일도 못하셨지.

 할머니는 창가에서 외로이 홀로 일하시곤 하셨는데,

여름이면 예쁜 꽃으로, 겨울이면 무성하고 자잘한 크레스 풀(우리말로 논냉이라고 하는 작은 풀. 고기 요리에 잘 어울려 흔히 스테이크에 곁들이기도 함.)로 창가를 장식했지. 지난달에는 그 할머니가 창가에 앉아 계시지 않았는데, 아직 돌아가시지는 않았을 거야. 왜냐하면 그 할머니가 친구 분과 그토록 여러 번 이야기하셨던 '먼 나들이'를 아직 떠나시지 않았으니까 말이야. 할머니께서 말씀하신 적이 있지.

"그래, 내가 죽으면, 아마도 내 평생 그 어떤 여행보다도 훨씬 먼 여행을 할 거야. 우리 가족 묘지는 여기서 6마일 떨어져 있는데, 거기로 옮겨져서 다른 친척들과 함께 잠들겠지."

어젯밤 그 집 앞에 마차가 한대 멈추고는 관 하나를 끌어내는 것을 보았어. 그제야 할머니가 돌아가셨음을 알게 되었어. 사람들은 관 주위에 짚으로 만든 멍석을 대 놓고는 마차를 몰고 갔지.

작년 한해 바깥출입을 전혀 하지 못한 할머니는 그렇게 조용히 잠이 들었고, 마차는 마치 즐거운 여행이라도 나서는 양 도시를 빠르게 빠져 나갔지. 큰 도로에 들어서자 마차는 더욱 빨리 달리기 시작했어. 마부는 불안한 듯 힐끔 힐끔 뒤를 돌아보곤 했는데, 아마도 할머니가 노란 털옷을 걸치고 관 위에 걸터앉아 있는 모습을 보게 될 것 같아 무서웠나 봐. 그래서 마부는 고삐를 단단히 잡고 마구 채찍질을 해 댔고, 그 바람에 애꿎은 말들만 온통 비지땀 범벅이 되었지. 말들은 아직 어리고 혈기 넘치는 놈들이어서 말 그대로 고삐 풀린 망아지가 되어 냅다 내달리더군.

살아생전에는 기껏 좁은 집안만 맴돌던 할머니는 이제 싸늘한 시신이 되어 도로 위의 나뭇가지와 돌부리에 덜컹거리며 쏜살같이 달리게 된 거야. 그러다가 끝내 할머니의 관은 덮고 있던 멍석과 함께 길바닥에 떨어져 버렸고, 말이랑 마차랑 마부는 아랑곳 않고 미친 듯이 달려가 버리고 말았어.

그러자 마침 종달새 한 마리가 저 벌판에서 날아와서는 아침 노래를 지저귀고는 할머니 관 위에 앉아 부리로 멍석을 쪼아 대는 거야. 지푸라기 멍석을 쪼아 풀어 헤치려는 듯이 말이야. 다시금 종달새는 즐겁게 지저귀며 어디론가 날아갔고, 나는 새벽빛으로 붉게 물들어 가는 구름 속으로 몸을 숨겼지.

열한 번째 밤

결혼 피로연을 보았어. 노래를 부르고 축배를 하는 등 모든 것이 더없이 풍요롭고 화려했지. 자정이 넘어서야 하객들이 돌아갔어. 양가 어머니 두 분이 신랑 신부에게 입을 맞추고 방을 나가니 둘만 남게 되었지. 커튼이 창문을 거의 다 가리고 있었지만 나는 좁은 틈을 통해서 둘을 볼 수 있었어. 램프의 불빛이 방을 아늑하게 밝혀 주고 있었지.

"이제야 모두들 돌아갔군!"

이렇게 말하며 신랑은 신부의 손과 입술에 입을 맞추더군. 신부는 미소 지으며 기쁨으로 울먹거렸어. 그의

가슴에 기대어 마치 흐르는 물위에 떠 있는 연꽃처럼 행복해 했지. 둘은 행복 가득한 말들을 달콤하게 속삭였지.

"푹 잡시다."

신랑은 커튼을 젖히는 신부에게 말했어.

"달님이 비추고 있네! 보세요, 얼마나 고요하고 맑은지!"

말을 마친 신부가 램프를 끄자 아늑한 방은 어둠에 싸였어. 하지만 신랑의 눈이 환하게 빛났던 것처럼, 내 달빛도 빛나고 있었지.

세상의 여인들이여, 시인이 삶의 신비를 노래할 때, 그의 하프에 입을 맞출지어다!

열두 번째 밤

오늘은 폼페이의 모습을 이야기해 줄게. 폼페이 시 외곽에는 사람들이 '무덤의 거리'라고 부르는 곳이 있어. 예전에는 젊은이들이 장미화관을 머리에 쓰고 환호하며, 흥겨운 가락에 맞춰 아름다운 여인들과 즐겁게 춤을 추었던 곳이지. 하지만 지금은 죽음의 정적만이 가득한 곳이 되었지.

나폴리 왕국(중세부터 1860년까지 나폴리는 왕국으로 있었다.)의 독일 병사들이 카드놀이와 주사위놀이를 하면서 경계근무를 서고 있었지. 산 너머에서 외지 사람 몇몇이 경비

병의 안내를 받으며 폼페이 시로 들어오고 있더군. 땅속에 묻혀 있던 도시가 나의 환하고 맑은 빛을 받아 되살아나는 모습을 보기 위해 온 것이었어.

나는 용암이 두텁게 덮여 있는 거리 위의 전차바퀴 자국도 보여 주고, 문 위에 쓰인 이름이며, 집 앞에 지금도 걸려 있는 팻말들도 비춰 주었지. 또 조그만 정원에 조가비로 장식된 분수대도 보여 주었어. 하지만 분수는 이제 더 이상 물을 뿜지 않았고, 화려한 색깔의 방에서는 더 이상 노랫소리가 들려오지 않았어. 청동상의 개만이 그 문 앞을 지키고 있었지. 그곳은 죽음의 도시였어. 베수비오 화산만이 홀로 영원한 찬가를 우르릉거리는 소리로 노래하고 있었지. 그 찬가의 한 소절 한 소절을 사람들은 화산 폭발이라고 부르지.

우리는 새하얀 대리석으로 지은 비너스의 신전에도 갔어. 넓은 계단 앞에는 제단이 높이 솟아 있었고 기둥 사이에는 버드나무가 자라고 있었어. 대기는 맑고 투명하다 못해 푸른빛을 띠고 있었지. 그 배경으로 자리 잡은 시커먼 베수비오 화산은 버섯 모양의 불꽃을 토해

내고 있었어. 연기는 마치 뭉게구름처럼 밤의 고요 속으로 붉은 빛을 띠며 퍼져 나가고 있었지.

순례자들 중에는 여류 성악가도 한 명 끼어 있었어. 아주 뛰어난 재능을 지닌 사람이었지. 유럽의 여러 대도시에서 그녀를 극찬하는 것을 여러 번 보았거든. 원형극장으로 다가간 그 사람들은 돌계단 위에 앉았지. 수천 년 전에는 이 원형극장이 관중으로 꽉 차 있었겠지만, 지금은 이 사람들뿐이었지.

원형무대는 옛날 그대로였어. 무대의 양 옆은 벽돌로 둘러쳐져 있고, 뒤로는 아치 두 개가 세워져 있었어. 아치 너머로는 예전과 다름없는 배경이 있었지. 바로 소렌토와 아말피 사이 언덕들의 아름다운 경치 말이야. 여류 성악가는 무대 위로 올라가 장난삼아 노래를 부르기 시작했어. 그곳의 분위기에 이끌려 갑자기 노래하고 싶은 충동을 느꼈던 것이지. 갈기를 꼿꼿이 세우고 세차게 콧김을 내뿜으며 힘차게 달려가는 아라비아 야생마를 떠올리지 않을 수 없더군. 그녀의 노래에는 그같은 여유와 자신감이 가득했지. 골고다 십자가 아래에서 고통 받는 성모 마리아의 모습이 떠오르기도 했어. 감정이 너무도 격렬해서 고통스런 모습이 그대로 느껴졌어. 수천 년 전에 그랬던 것처럼 환호와 갈채가 터져 나왔지.

"대단하군, 천상의 목소리야!"

모든 사람들이 환호했어.

3분 뒤 그곳은 다시금 쥐죽은 듯 고요해졌어. 모두들 떠나고 아무 소리도 들리지 않았지. 사람들은 떠나갔지만 그 폐허의 원형극장은 변함없이 그대로 있었어. 앞으로 수백 년 뒤에도 그대로 남아 있을 테지. 하지만 성악가의 노래와 미소는 영원할 수 없어. 순간의 갈채는 쉬 잊히는 법이야. 너와 이렇게 이야기를 나누는 지금 이 순간 또한 사라지고 말 기억이 되겠지.

열세 번째 밤

어느 신문사의 창문을 통해 편집실을 들여다보게 되었어. 독일 어느 곳이었지. 방 안은 멋진 가구와 책으로 가득했고, 여기저기 신문이 어지럽게 널려 있었단다. 젊은이 몇 사람이 모여 있고 책상 앞에는 편집장이 서 있더군. 그는 두 권의 책에 대한 서평을 하려던 참이었는데, 젊은 작가들이 쓴 자그마한 책이었어.

"이 첫 번째 책은 읽어 보지는 못했지만, 제본은 아주 잘됐구먼. 그래, 내용에 대한 자네들 생각은 어떤가?"

젊은이들 중 한 명이 말을 꺼냈어. 그는 시인이었지.

"예, 아주 좋더군요. 좀 지루하게 늘어지는 감이 있긴 하지만, 아직 젊은 친구니 어쩔 수 없죠. 문장은 좀 더 다듬을 필요가 있을 것 같습니다. 생각은 반듯하고 건전한 편입니다. 좀 진부한 것이 문제이긴 하지만요. 너무 큰 걸 기대할 수 없지요. 항상 새로운 것만을 요구할 수도 없는 노릇 아니겠습니까? 제 생각으로는 시인으로 대성할 것 같지는 않지만 칭찬을 좀 해 줘도 나쁘지 않을 것 같습니다. 독서량도 상당하고 동양학에도 조예가 깊은 학자일 뿐 아니라, 건전한 판단력도 지닌 사람입니다. 제가 쓴 책 『가정생활에 대한 명상록』에 대해 아주 뛰어난 평을 해 주기도 했습니다. 여하튼 젊은 사람에겐 좀 관대해야 할 필요가 있지요."

"아니, 그자는 정말 형편없는 친굽니다."

다른 젊은이가 말했어.

"진부함만큼 시에 있어서 치명적인 것은 없지요. 게다가 앞으로도 결코 지금보다 나아질 리가 없다고 확신합니다."

"그 친구 안됐구먼."

세 번째 젊은이가 말을 받았다.

"하지만 그 사람 고모 되는 사람은 굉장히 자랑스럽게 생각하던데요, 편집장님! 편집장님이 최근에 번역하신 책 있죠? 그 책을 많은 사람들이 사 보도록 주선하신 분이 바로 그 고모님이십니다."

"아, 그 훌륭한 부인 말이로군. 그래, 그렇다면 우리 이렇게 간결한 평을 해 주자고. '의심할 여지없는 뛰어난 재능! 시의 동산에 핀 한 송이 꽃.' 제본이 잘되어 있다는 점도 쓰고……. 뭐 그런 식으로 쓰면 되지 않겠나? 자, 그럼 두 번째 책을 살펴보자고. 편집주간이 이 책을 싣고 싶어 하거든. 그런데 이 친구는 내가 돈을 내고 이 책을 사야 되는 걸로 알고 있는 모양이야. 아주 평이 좋더군. 천재적인 재능을 지녔다고 그러던데, 여러분 생각도 그런가?"

"네, 사람들이 그렇게 이야기하더군요."

시인이 말했어.

"하지만 좀 조잡한 구석이 있습니다. 구두점을 사용하는 법 정도는 천재적이라고 말할 수 있겠죠. 좀 호되게 몰아치는 것이 그 친구에게 약이 될 겁니다. 그렇지 않으면 자신이 무슨 대단한 존재나 되는 줄 알고 우쭐댈 테니까요."

"하지만 그것은 공정치 못해."

네 번째 젊은이가 말을 받았어.

"조그만 결점을 들춰내기보다는 장점을 찾아내 줘야지요. 칭찬할 부분이 많습니다. 사실 어느 누구보다도 훌륭한 시를 쓰고 있지 않습니까?"

"아니죠, 아닙니다! 그 친구가 그토록 위대한 천재라면 다소의 신랄한 비판쯤은 능히 감당할 수 있을 겁니다. 면전에서 그 사람에게 극찬을 해 줄 사람은 충분히 많으니까요. 우리까지 입에 발린 소리로 그를 오도하는 일이 없도록 해야죠!"

그가 재능이 있는지 없는지는 여기 명확하게 나타나 있다.

편집장은 그렇게 써내려 갔지.

보통 저지르기 쉬운 부주의함이 곳곳에 보인다. 때때로 좋지 않은 시구를 쓰고 있는데, 예를 들면 25쪽에 모음 중복이 두 군데나 있다. 앞으로 고전을 공부하길 권한다.

뭐 이런 식이었어.

나는 그곳을 벗어나 그 고모라는 사람의 집을 살짝 들여다보았지. 아까 편집장과 젊은 기자들이 칭찬하던 그 사람이 앉아 있더군. 반듯하고 건전한 생각을 가진 시인이라던 사람 말이야. 손님들로부터 찬사를 받으며 기분 좋아하고 있더군.

두 번째 시인도 찾아가 보았어. 조잡한 시를 쓴다던 사람 말이야. 한 후원자의 집에 많은 사람이 모여 있었고 거기에 시인도 있었어. 하지만 사람들의 화제는 첫 번째 시인의 책에 대한 거였어. 시인의 후원자가 이렇게 말하더군.

"당신의 시를 조만간 읽어 보겠소. 하지만 솔직히 말해서, 알다시피 난 내 생각을 털어놓아야 직성이 풀리니 내 생각을 말하리다. 당신에게 그다지 대단한 시는 기대하지 않소. 내 생각으로는 지나치게 조잡하고 허황되지. 물론 당신이 매우 존경스런 인물이라는 것은 잘 알고 있소만."

그때 구석에 한 소녀가 앉아 어떤 책의 다음 구절을 소리 내어 읽었지.

그렇고 그런 평범함을 하늘로 떠받들고—
자유로운 지성은 먼지 구덩이로 처박누나!
이것은 예전부터 그래왔지만,
항시 새로이 반복되누나.
새삼스러울 일도 아니며, 앞으로도 여전히 그러하리라.

열네 번째 밤

숲길 가에 농가 두 채가 있는데, 문은 낮고 창문은 삐 뚤빼뚤 고르지 않았지. 집 주변에는 가시덤불과 매자나무가 무성하게 자라 있었지. 이끼 낀 지붕은 노란 꽃과 산개나리가 무성했어. 자그마한 뜰에는 푸른 양배추와 감자가 자라고, 울타리 옆에는 버드나무 한 그루가 서 있었는데, 그 아래 여자아이가 앉아 있었지.

그 애는 두 집 사이에 서 있는 참나무 고목에서 갈색 눈을 떼지 못하더군. 생기를 잃은 높다란 나무둥치의 윗부분이 톱으로 잘려 나가 있었고, 그 위에는 황새 한 마리가 둥지를 틀어 놓았더군. 황새는 둥지 위에 올라앉아 부리로 딱딱거리는 소리를 내고 있었지. 마침 사내아이 하나가 밖으로 나와 여자아이 옆으로 다가갔어. 이 둘은 남매간이었지.

"지금 뭘 보고 있는 거니?"

오빠가 물었어.

"응, 저 황새. 옆집 아줌마가 그러시는데, 오늘밤에 저 황새가 우리 동생을 물어다 준다고 그러셨거든. 그래서 아기 물어 오는 것 보려고."

"황새가 물어다 주긴 뭘 물어다 주냐! 옆집 아주머니가 나한테도 똑같은 이야기를 하셨는데, 내가 아주머니께 맹세할 수 있냐고 물었더니, 그냥 막 웃으시던걸. 맹세 못 하시더라고. 황새가 물어다 준다고 하는 것은 어른들이 지어낸 이야기일 뿐이야."

"그럼 아기는 어디서 오는 거야?"

그 여자아이가 물었어.

"하느님이 데리고 오는 거야. 망토 안에 넣어서 오시는데, 아무도 하느님을 볼 수 없으니까 아기를 데리고 오는 것도 볼 수 없어."

그때 산들 바람이 버드나무를 흔들었어. 오누이는 손을 붙잡고 마주 바라보았지.

그래, 하느님일 거야. 지금 아이를 데리고 오신 게 분명해. 이런 생각을 하며 서로의 손을 꼭 잡았어. 이윽고 문이 열리고 옆집 아주머니가 밖으로 나왔단다.

"이제 들어들 오렴. 황새가 누굴 물어왔나 들어와 구경하렴. 남동생이란다."

오누이는 고개를 끄덕였어. 동생이 와 있다는 것을 이미 알고 있었거든.

열다섯 번째 밤

 나는 독일 북부 뤼네부르크하이데의 황야를 지나가고 있었지. 길가에 오두막 한 채가 외로이 서 있었고, 그 주위의 수풀은 시들어 있었어. 그곳에 갈 곳 잃은 나이팅게일이 노래를 하고 있었어. 추운 밤을 견뎌 내지 못하고 밤새 죽을 것이 분명했으니 내가 듣는 노래는 작별의 노래인 셈이었지. 동이 트고 외국으로 이민 떠나는 한 무리의 농민 가족들이 나타났어. 그들은 브레멘이나 함부르크로 가서 배를 타고 미국으로 가려는 것이지. 그들은 미국으로 건너가 큰돈을 벌겠다는 꿈에

부풀어 있었어. 아주 어린 아이들은 엄마 등에 업혀 있었고, 조금 큰 아이들은 종종걸음을 치고 있었지. 말은 가재도구를 실은 마차를 힘겹게 끌고 있고 말이야.

차가운 바람이 불어오자 여자 아이 하나가 엄마에게 바짝 다가섰어. 그 애의 엄마는 여위어 가는 내 둥근 얼굴을 올려다보며 고향에서 겪었던 힘겨운 생활과 감당하기 어려웠던 무거운 세금을 떠올렸지. 다른 이들도 모두 그 엄마와 똑같은 생각을 하고 있었어. 그래서 장밋빛으로 물들어 오는 새벽의 여명이 곧 다가올 행복의 약속처럼 여겨졌지. 죽어가는 나이팅게일의 노래를 들었지만, 이것을 행복을 알리는 예언의 소리로 들었던 거야. 바람이 소리를 내어 불고 있었지만 그들은 바람의 이야기를 알아듣지 못했지.

조용히 바다를 항해하라!
너희들은 이미 네 모든 소유물을 배삯으로 바쳤으니
가진 것 없이 비참하게 약속의 땅에 다다르리라.

너희는 네 자신과 아내, 아이들마저도 팔아야 하리라.

하지만 고난은 그리 길지 않으리니,

이파리 위에는 죽음의 천사가 앉아

환영의 인사로 네 핏줄 속에 죽음의 열병을

불어 넣으리라!

나아가라, 나아가라,

저 넘실대는 파도를 넘어 항해하라!

사람들은 나이팅게일의 노랫소리에 귀 기울이며 즐거워했지. 분명 행운을 약속하는 노랫소리처럼 들렸으니까. 엷은 구름 사이로 날이 밝아오자, 그 마을의 농부들은 히스(황야에 자생하는 관목으로 높이는 15~30㎝ 정도)로 덮인 황야를 지나 교회로 향했어. 검은 색 겉옷과 머리에 흰 린넨 띠를 두른 여인들은 마치 교회의 오래된 그림에서

튀어나온 듯했지. 그들 주위에는, 시든 갈색 히스와 흰 모래 언덕 사이로 거무칙칙한 벌판이 광활하고 황량하게 펼쳐져 있었지. 교회로 향하는 그 여자들의 손에는 기도서가 들려 있었어.

  오, 기도하라! 물결치는 저 파도 너머 자신들의 무덤을 향해 나아가는 이들을 위해 기도하라!

열여섯 번째 밤

난 풀치넬라(이탈리아의 희극 코메디아 델라르테에 등장하는 매부리코와 곱사등이 특징인 광대로, 권위에 반항하는 인물로 묘사된다.) **연기를 하는 사람을 알고 있어.** 관객들은 그를 보기만 해도 웃지. 그의 동작 하나 하나가 너무나 우스꽝스러워서 공연장을 웃음바다로 만들지. 그렇다고 일부러 웃기려 드는 것도 아니야. 어린 시절에 친구들하고 놀 때에도 그는 이미 곱추 풀치넬라였어. 자연의 섭리가 그를 그런 팔자로 만들어 놓았던 거야. 그는 등과 가슴에 혹 덩어리를 하나씩 달고 태어났거든.

하지만 보기 흉한 모습 속에 감춰진 그의 정신과 영혼에는 뛰어난 자질이 숨겨져 있었어. 그처럼 깊은 감성과 강한 영적 감수성을 지닌 사람은 이 세상에 흔치 않지. 연극무대야말로 그에게 가장 어울리는 곳이었어. 훤칠하고 온전한 몸을 가졌더라면, 최고의 비극 배우가 되었을 거야. 그의 영혼은 영웅적이며 위대한 것들로 가득 차 있었지만 풀치넬라 노릇을 해야 하는 것이 그의 운명이었지. 바로 이런 슬픔과 우울함으로 인해 찡그려진 얼굴로 그가 시치미를 뚝 떼고 코믹 연기를 하면 더욱 웃겨 보였어. 많은 사람들은 그래서 배꼽을 잡았고 그의 연기에 열광적인 갈채를 보냈지.

그래도 귀여운 콜롬비나(코메디아 델라르테 극에 등장하는 인물. 쾌활하고 영리한 하녀 역으로 할리퀸과 사랑에 빠진다.)는 그에게 상냥하게 대해 주었어. 하지만 그녀는 풀치넬라보다도 할리퀸과 결혼하기를 원했지. 하기는 그 미녀와 야수가 결혼을 한다면 진짜 우스울 거야.

풀치넬라가 슬픔에 잠겼을 때, 그에게 미소를, 통쾌한 웃음을 가져다주는 유일한 사람이 바로 그녀였어.

처음에는 그녀도 풀치넬라처럼 우울했지만 곧 나아지기 시작했고, 이제는 쾌활한 사람이 되었어.

"난 당신이 왜 그러는지 알아요. 누군가를 사랑하기 때문이에요."

그녀가 그렇게 말하자, 그는 웃음을 참지 못했지.

"제가 사랑을요? 우습군요. 관객이 들으면 정말이지 박장대소하겠어요."

"그래요, 당신은 사랑에 빠졌어요."

그녀는 덧붙였어.

"당신은 바로 나를 사랑하고 있다고요."

그래, 맞아. 상대방의 가슴속에 사랑의 감정이 있는지 전혀 모른다면야 농담 삼아 그렇게 얘기할 수 있는 거지. 풀치넬라는 팔짝팔짝 뛰며 크게 웃어 댔고, 우울한 마음도 잊을 수 있었어.

그러나 콜롬비나 그녀는 자기가 진실을 말했다는 걸 깨닫지 못했어. 풀치넬라는 정말 그녀를 사랑하고 있었던 거야. 예술의 위대함과 숭고함을 사랑하는 것만큼 그녀를 깊이 사랑하고 있었어. 그녀의 결혼식 날, 풀치넬라는 어느 누구보다도 즐거워 보였지. 하지만 그날 밤 그는 슬프게 울었단다. 만일 사람들이 고통으로 일그러진 그의 얼굴을 보았다면 다른 때보다 더욱 크게 손뼉을 치며 재미있어 했을 테지. 그런데 며칠 전 그 콜롬비나가 세상을 떠났어. 장례식 날 아내를 잃어 상심하고 있는 할리퀸은 무대에 서지 않아도 좋다는 허락을 받았어. 관객들이 어여쁜 콜롬비나와 멋있는 할리퀸이 출연하지 못한 것을 아쉬워하지 않도록 극장장은 굉장히 웃기는 작품을 무대에 올려야만 했지. 그래서 익살꾼 풀치넬라는 한층 더 웃기는 모습을 보여 주어야 했지. 가슴에 깊은 슬픔을 품은 채, 풀치넬라는 춤을 추고 익살을 떨었지. 열렬한 박수와 찬탄이 터져 나왔어.

"브라보! 브라보!"

풀치넬라는 여러 차례 커튼콜을 받고 다시 무대 위로 불려 나갔어. 그는 정말 대단했지. 어젯밤, 공연을 마친 가여운 우리 풀치넬라는 시내를 빠져나와 인적 없는 교회묘지로 걸어가더군. 콜롬비나의 무덤 위에 놓인 화환은 이미 시들어 있었어. 그는 그곳에 주저앉아 턱을 괴고 나를 바라보았지. 그림 같은 장면이긴 했어. 무덤 옆의 풀치넬라는 무척 특이하면서 희극적이었고, 기묘한 기념비 같아 보이기도 했어. 관객들이 아마 이 모습을 보았다면 갈채를 보내며 외쳤을 거야.

"브라보, 풀치넬라! 브라보! 브라보!"

열일곱 번째 밤

 나는 장교가 되어 처음으로 제복을 입은 사관생도의 모습을 본 적이 있어. 또 무도회 의상을 입은 젊은 아가씨와 웨딩드레스를 입고 행복해 하는, 왕자의 아름다운 신부를 본 적도 있지. 하지만 오늘밤 본 네 살짜리 여자아이의 기뻐하는 모습에는 견줄 수 없을 거야.

 그 아이는 선물로 받은 파란색 원피스와 장밋빛 모자를 근사하게 차려입었지. 그리고는 촛불을 가져오라고 했어. 비록 내가 창문을 통해 빛을 비추고는 있었지만 희미해서 잘 보이지 않았거든. 그 아이는 두 팔을 원피

스 밖으로 뻗은 채, 열 손가락 모두 쭉 펴고 마치 인형처럼 뻣뻣하게 서 있었지. 오! 그애의 두 눈과 얼굴은 기쁨에 겨워 얼마나 빛나던지.

"내일 이렇게 나가자."

어머니가 이렇게 말하자, 그 아이는 모자를 올려다보다가 다시 자기가 입은 새 옷을 내려다보더니 아주 행복하게 웃고는 어머니에게 이렇게 말했지.

"엄마! 내가 이렇게 근사하게 차려입은 걸 보면 강아지들이 어떻게 생각할까요?"

열여덟 번째 밤

아마 지난번에도 폼페이에 대해서 이야기해 준 적이 있을 거야. 살아 있는 여러 도시들 사이에서 주검으로 가득했던 도시 말이야. 나는 더 희한한 도시를 알고 있어. 그곳은 주검의 도시가 아니라 망령(亡靈)의 도시지. 분수에서 솟구치는 물이 대리석 분수대에 떨어지면 마치 물위에 떠 있는 도시의 이야기를 듣는 듯하지.

맞아, 물줄기들이 그 이야기를 하지! 해변의 파도들은 그것을 노래하고! 바다 위로는 안개가 종종 피어오르는데 이것은 바다가 미망인이 되어 쓰는 베일이지.

바다의 신랑이 죽은 거야. 신랑의 성과 도시는 이제 거대한 무덤이 되어 버리고 만 거지.

이 도시를 알고 있니? 여기에서는 마차 소리도 말발굽 소리도 들리지 않지. 단지 물고기들만 유유히 헤엄치고 푸른색 물위로는 검은 곤돌라만이 유령처럼 미끄러져 갈 뿐이지.

너에게 그 도시의 가장 커다란 광장을 보여 주고 싶어. 마치 동화의 나라를 보는 것 같을 거야! 넓은 시냇물 사이로 잔디가 자라고, 아침이 밝아 오면 수천 마리의 집비둘기들이 우뚝 서 있는 탑 주위를 퍼덕이며 날아오르지. 세 면이 모두 커다란 아치들로 둘러싸여 있어. 거기에는 기다란 담배 파이프를 문 터키인이 말없이 앉아 있고, 잘생긴 그리스 청년이 기둥에 기대고 서서는 전승기념물을 바라보고 있었지. 과거의 찬란했던 권력의 기억물인 높다란 깃대를 바라보고 있는 거야. 거기에는 마치 상장(喪章)과도 같이 깃발이 걸려 있었어. 한 소녀는 커다란 물동이를 내려놓고 물지게는 그냥 어깨에 그대로 지고서는 전승기념비에 기대고 서서 쉬고 있더군.

네가 지금 바라보고 있는 것은 요정들의 성이 아니라 교회야! 금으로 칠해진 교회의 둥근 지붕, 황금빛 반구(半球)가 나의 달빛에 빛나고 있지 않니. 그 지붕 위의 청동으로 만들어진 멋진 말들은 마치 동화 속에서처럼 멀리 여행을 떠났다가 다시 이곳에 돌아와 있는 거란다.

화려한 색의 창과 벽이 보이니? 마치 어린아이들의 맘을 읽어낸 어떤 천재가 이 희한한 사원을 장식한 것 같아. 기둥 위에 날개 달린 사자도 보이니? 사자는 황금색으로 여전히 번쩍이기는 하지만 날개는 이제 쓸모가 없어. 바다의 왕이 죽었기 때문에 그 사자도 죽은 거지. 커다란 사원의 홀은 비어 있고 과거에는 화려한 그림들이 걸려 있었을 벽은 맨얼굴을 드러내고 있어. 아치 아래는 지체 높은 귀족양반들만 거닐 수 있었는데, 이제는 걸인들이 잠을 자는 곳이 되어 버렸어.

깊은 샘 아래 지하인지, 아니면 탄식의 다리 근처 지하 감방인지 그쪽에서는 깊은 한숨소리가 들려오지. 마치 예전에 호화로운 베네치아의 부켄타우르 호(베네치아 공

화국의 부켄타우르라는 국가 행사 중에 거행되는 '바다의 결혼' 의식에서 총독이 사용하는 배. 바다 가운데에 배가 도달하면 총독은 '바다, 그대와 결혼하노라!"라는 말과 함께 신성한 반지를 바다에 던졌다.) 선상에서 바다의 여신인 아드리아에게 결혼반지를 던질 때 울긋불긋 멋진 곤돌라 위에서 울려 대던 탬버린 소리처럼 말이야. 아드리아여! 안개로 너의 몸을 감추어라! 미망인의 베일로 너의 가슴을 감싸고 너의 신랑의 거대한 무덤과 저 대리석으로 덮인 유령과도 같은 베네치아를 감싸라!

열아홉 번째 밤

　난 어느 커다란 극장을 내려다보고 있었어. 큰 극장은 관객으로 가득 차 있었어. 어느 신인 배우의 첫 무대였거든. 나는 극장 벽의 작은 창을 통해 들어가 보았어. 그때 창문에 이마를 짓누르듯 기대고 있는 분장한 얼굴을 보았어. 그날 밤 연극의 주인공이었지. 턱을 뒤덮은 수염 때문에 기사처럼 보였는데, 그의 두 눈에는 눈물이 고여 있었어. 관중들로부터 비난을 받았거든. 말 그대로 야유를 받았지. 너무나 가여웠어! 하지만 예술의 세계에서는 재능 없는 사람은 가혹한 대접을 받기 마련

이지. 풍부한 감성도 지녔고 연극에 남다른 열정을 지녔다고 하더라도 예술이 그를 사랑해 주진 않은 거야.

 연출자가 종을 울렸어. 자기 역할에 충실하려면 주인공으로서 당당하고 용맹스럽게 등장해야 했지. 자신을 비웃었던 그 관중들 앞에 다시 서야 했던 거야. 연극이 끝나고 나서, 망토에 몸을 감추고 계단을 살금살금 내려가는 한 남자를 보았어. 바로 그 관중의 야유를 받은 기사 역의 주인공이었어. 연극 스태프들이 쑥덕대더군. 나는 그날 밤 그 죄인을 집까지 쫓아가 보았지. 목을 매는 것은 볼썽사나운 죽음이 될 것이고 독약은 가진 게 없고……. 그가 이런 생각을 하고 있음을 나는 알아차렸지.

 그가 창백한 얼굴을 하고 거울 앞에서 반쯤 눈을 감은 채 자신의 죽은 모습이 어떨지 상상해 보고 있더군. 사람은 극도로 불행한 처지에서도 남들의 눈을 의식하기 마련이야. 그는 자신의 죽음을 떠올리고는 서럽게 울었어. 더 이상 눈물이 나오지 않을 때까지 한바탕 울고 나서야 자살하려던 생각을 잊을 수 있었지.

그후로 1년의 시간이 흘렀어. 초라한 유랑 극단이 작은 극장에서 공연을 하고 있었지. 곱슬곱슬한 턱수염에 분장을 한 낯익은 얼굴을 거기서 발견했어. 나를 올려 보더니 웃더군. 하지만 불과 1분도 못 되어서 관객들의 야유를 받았지. 형편없이 초라한 관중들로부터 말이야.

그날 밤 초라한 운구마차가 도시를 빠져나가더군. 운구마차를 따라가는 사람은 아무도 없었어. 자살한 사람이었던 거야. 바로 야유를 받던 우리의 불쌍한 배우였어. 그 운구마차를 끄는 마부 외에는 어느 누구도 그의 마지막 길을 배웅하지 않았어. 마부와 나를 빼고 누구도 말이야.

그는 교회의 묘지 담장 한 귀퉁이에 묻혔는데, 무덤 위로 곧 쐐기풀이 자랄 것이고 그러면 무덤을 파는 사람들이 다른 무덤에서 뜯어낸 잡초며 가시덤불들을 그의 무덤 위에 함부로 버려 놓을 테지.

스무 번째 밤

난 지금 로마에서 오는 길이야. 거기 도시 한가운데 일곱 언덕(초기 로마는 테베레 강 부근 일곱 개의 언덕 위 마을의 성장에서 시작되었다.) 위에 황궁들의 유적이 있어. 무너진 성벽 틈 사이로 야생 무화과가 자라고 그 넓은 회녹색 잎으로 초라한 벽을 감추고 있더군. 당나귀들이 폐허 위로 푸른 월계수 나뭇가지들을 짓밟으며 아직 열매 맺지 않은 엉겅퀴를 맛있게 뜯어먹고 있었어.

예전에는 로마의 독수리들이 날아오르고, '왔노라, 보았노라, 이겼노라'를 외치며 로마의 기상을 널리 떨

치던 바로 그곳에 지금은 무너진 대리석 기둥 사이로 초라한 흙집의 입구가 있을 뿐이더군. 포도덩굴은 장례식의 화환처럼 그 흙집의 뒤틀린 창문 위로 늘어져 있고 말이야.

그 집에는 할머니 한 분이 손녀딸과 살고 있었어. 이제는 이들이 황궁의 주인이 되어 낯선 방문객들에게 황궁을 안내하고 있더군. 황제의 화려한 알현실이 있던 자리에는 이제 초라하게 벽만 남아 있고, 옥좌가 있던 자리에는 사이프러스 나무가 어두운 그림자를 드리우고 있을 뿐이지. 파헤쳐진 집무실 바닥에는 흙이 켜켜이 쌓여 있고 말이야.

저녁종이 울리면 어린 손녀딸은 마치 이 황궁의 공주인 양 거기에 의자를 놓고 앉아 있곤 했지. 그 곁에 남아 있는 문을 아이는 발코니 창이라고 부르더군. 그 문의 열쇠 구멍으로 들여다보면 로마시의 절반이 내려다보이지. 저 멀리 베드로 성당의 웅장한 돔까지 말이야.

오늘밤도 평소처럼 고요했고 할머니의 손녀딸은 내 환한 달빛을 받으며 걸어가고 있었어. 오래된 토기 항아리에 물을 담아서 머리에 이고 가는 그 아이는 맨발이었어. 반팔 셔츠의 소매는 닳아 있었지. 나는 그 아이의 동그스름한 어깨와 검은 눈, 윤기 나는 검은 머리카락에 입을 맞춰 주었어.

집으로 가는 길은 경사가 급한데다 대리석과 벽돌 부스러기로 뒤덮여 있었어. 알록달록한 도롱뇽이 깜짝 놀라 아이의 발을 스치며 달아났지만 아이는 무서워하지 않았어. 아이는 손을 들어 현관문의 종을 울리려다 말고 문득 멈춰 섰지. 황궁의 종을 울리는 손잡이 역할을 하는 기다란 끈 아래에는 행운을 가져다주는 토끼발(서양에서는 토끼발을 행운을 가져오는 물건으로 여겨서 몸에 지니고 다니거나 줄 끝에 손잡이로 달아 놓기도 한다.)이 달려 있었어.

멈추어 선 아이는 대체 무엇을 생각하고 있었던 걸까? 저 아래 성당 안에 금과 은으로 둘러싸인 아기 예수의 고귀한 모습을 떠올리고 있었을까? 성당은 은촛대를 밝히고 아이의 친구들이 귀에 익은 성가를 부르는 곳이지. 하지만 이 아이가 무슨 생각을 하고 있었는지 나는 잘 몰라.

아이는 다시 걸음을 옮기기 시작했고, 이내 무엇엔가 걸려 넘어지고 말았단다. 머리에 이고 있던 물동이가 대리석 계단에 떨어져 산산이 깨져 버렸어. 아이는 울음을 터트렸어. 황궁의 아름다운 공주님이 보잘것없는 질그릇 항아리 때문에 울게 된 거야. 맨발로 거기에 서서 그저 울고만 있었지. 황궁의 종을 울릴 줄을 당겨 보지도 못하고 말이야.

스물한 번째 밤

 14일이 넘게 달님을 볼 수 없었는데 이제 다시 보게 되었습니다. 천천히 피어오르는 구름 사이로 밝고 둥그런 달님이 모습을 나타냈습니다. 우리 모두 달님이 하는 이야기에 귀 기울여 볼까요?

 나는 페잔(북아프리카에 위치한 고원지대) 지방의 어느 도시에서부터 상인들의 행렬을 쫓고 있었어. 그들은 모래사막 못 미처, 소금평원 위에서 길을 멈췄어. 소금평원은 마치 얼음판처럼 빛나고 있었고 날아들어 온 모래들이 군

데군데 뒤덮고 있었어. 일행 중에 가장 연장자인 노인은 허리춤에 물통을 차고 머리에는 무교병(누룩을 넣지 않고 만든 빵)이 든 자루를 이고 있었어. 노인은 지팡이로 땅바닥에 사각형을 그리고는 그 안에 코란의 구절을 적어 넣고 안전한 여행이 되기를 빌었어.

이들은 이렇게 신성한 땅을 지나서 나아갔지. 동방에서 온 듯한 한 젊은 상인이 — 그가 동방 출신임은 그의 빛나는 두 눈과 균형 잡힌 몸매를 보면 알 수 있지 — 세차게 콧김을 내뿜는 백마를 탄 채 깊은 생각에 잠겨 있었어. 고향에 두고 온 갓 결혼한 아름다운 아내를 생각하고 있는 걸까? 불과 이틀 전이었어. 값비싼 모피와 화려한 천으로 치장한 낙타가 그의 신부를 태우고 도시의 성곽을 돈 일이 겨우 이틀 전이었지. 북을 치고 백파이프를 연주하고 여인네들은 노래를 불렀지. 신부를 태운 낙타를 둘러싸고 사람들은 축포로 총을 쏘아 댔는데, 가장 총을 많이 쏜 사람은 신랑이었어. 가장 강인한 사람인 거지.

그리곤 이제 이 사막으로 길을 나선 거야. 나는 여러

날 밤 이들 일행을 뒤쫓아 가보았어. 야자수 아래 오아시스 옆에서 쉬고 있던 그들은 지쳐 쓰러진 낙타의 가슴을 칼로 찔러 도려내 그 고기를 불 위에 얹어 놓기도 했어.

내 빛은 달구어졌던 모래를 식혀 주고, 망망대해 같은 모래바다 위에 죽음의 섬처럼 떠 있는 검은 암벽들도 환히 비춰 주었지. 길이 나지 않은 곳을 지나는 여정이었지만, 그들은 적대적인 부족들을 만나지도 않았고, 폭풍도 일지 않았어. 모든 것을 흔적도 없이 파묻어 버리는 재앙의 모래 바람도 그들에게 닥치지 않았지.

한편, 고향에서는 젊은 아내가 남편과 친정아버지를 위해 기도를 올리고 있었어.

"두 분이 돌아가신 건가요?"

금빛 초생달의 모습일 때 나에게 이렇게 묻더니만 보름달이 되었을 때도 간절하게 묻더군.

"그 두 분 돌아가신 것은 아니죠?"

그들은 이제 사막을 통과했어. 오늘 저녁 그들은 커다란 야자나무 아래에서 야영을 하고 있더군. 그들 주

변에 긴 날개를 편 학들이 날아오르고, 펠리컨은 미모사 가지 위에서 그들을 유심히 지켜보고 있었지. 육중한 코끼리는 무성한 수풀을 짓밟고 있고 말이야.

한 무리의 흑인들이 내륙의 더 안쪽에 자리한 시장에 다녀오는 중이었어. 진한 쪽빛의 옷을 입고 머리를 놋쇠로 치장한 여인네들이 짐을 잔뜩 실은 황소들을 몰고 오는데, 짐 위에는 발가벗은 흑인 아이들이 잠들어 있었어. 또 어떤 흑인 한 명은 시장에서 산 사자 새끼를 줄에 묶어 끌고 오고 있었어. 이 흑인 무리는 상인들 쪽으로 다가오고 있었지.

젊은 상인은 미동도 하지 않고 조용히 앉아 아름다운 아내를 생각했지. 흑인들의 나라에서 저 멀리 사막 너머에 있는 하얗고 향기로운 꽃 같은 아내를 그리고 있었던 거야. 그는 머리를 들었어……!

이때 구름이 달님을 가리고 지나갔고 그리고 또 다른 구름이 오고. 이날 밤 나는 더 이상 달님의 이야기를 들을 수 없었습니다.

스물두 번째 밤

어린 여자아이가 우는 것을 보았어. 심술궂은 세상 때문에 우는 거였어. 아이는 아주 예쁜 인형을 선물로 받았지. 오, 얼마나 귀엽고 정교한 인형인지, 정말 세상의 고통이라고는 전혀 경험하지 않을 것처럼 만들어진 인형이었지. 그런데 여자아이의 오빠들, 껑다리 말썽꾸러기들이 인형을 빼앗아서 정원의 나뭇가지 위에 올려놓고는 도망가 버린 거야. 아이는 인형에 손이 닿지 않았고 인형을 내릴 다른 방법도 없었어. 그래서 울고 있었던 거야. 인형도 아마 분명히 같이 울고 있었을 거야.

두 팔을 푸릇한 가지 사이로 쭉 뻗은 채 매우 불행하게 보였어.

아 맞아, 이게 엄마가 매번 말했던 힘겨운 세상살이라는 것이로구나. 아, 가엾은 인형! 어느새 저녁 어스름이 몰려오기 시작했지. 잠시 후면 어두운 밤이 될 터였어. 밤새 인형을 나무 위에 혼자 외롭게 놓아두어야 할까? 안 돼, 아이는 인형을 혼자 남겨둘 생각을 하니 가슴이 아팠어. 겁이 나도 용기를 내서 말했지.

"내가 곁에 있어 줄게!"

키 작은 도깨비들이 뾰족 모자를 쓰고 숲속에서 엿보고 있는 것만 같았어. 어둠 속에서 춤을 추는 귀신들이 몰려와 인형에게 손을 뻗치는 것처럼 보이기도 했지. 또 몰려든 귀신들이 인형에게 손가락질하는 모습이 보이는 듯했어. 어떻게 이 작은 소녀가 모든 것을 무릅쓰고 있는 걸까?

"내가 나쁜 짓을 한 적이 없으니 나쁜 놈들도 나를 어떻게 못할 거야."

소녀는 이렇게 맘을 다잡았지.

"그런데 내가 못된 짓을 한 적이 한 번도 없을까?"

소녀는 잠깐 생각에 잠겼어.

"아, 맞다. 빨간 헝겊을 다리에 맨 불쌍한 아기 오리를 보고 웃은 적이 있어. 절룩거리는 보습을 보고 말이야. 동물을 보고 비웃는 것은 정말 나쁜 일이야."

아이는 인형을 올려다보며 이렇게 물었지.

"넌 동물을 보고 비웃은 적 있니?"

그러자 인형은 머리를 가로젓는 듯했어.

스물세 번째 밤

나는 티롤(오스트리아의 서부) 지방을 내려다보고 있었어. 내 달빛을 받은 울창한 소나무들이 바위 위에 진한 그림자를 드리우고 있었지. 여러 집들의 벽에는 땅과 맞닿는 곳에서부터 지붕까지 거대한 그림들이 그려져 있었어. 아기 예수를 어깨에 태운 성자 크리스토포루스(크리스토포루스는 그리스어로 '그리스도를 업은 사람'이라는 뜻. 전설에 따르면 거인

인 그는 여행자들을 업어 강을 건너게 해 주는 일을 했는데, 하루는 어린 소년을 업고 강 한복판에 이르렀을 때 소년이 너무 무거워지는 바람에 휘청거리면서 불평하자, "지금 그대는 세상과 세상을 만드신 분을 등에 업고 있다."는 말이 들려왔다고 한다.)의 그림을 보았지. 불 난 집에 물을 퍼붓고 있는 성 플로리안(화재나 홍수를 막아 준다는 성인)도 있었고, 커다란 십자가에 매달려 피흘리는 예수님의 그림도 보였어. 요즘 사람들에게는 오래된 그림에 불과하겠지만, 나는 그 그림들이 하나 둘씩 그려지는 것을 보았지.

저 높은 산, 가파른 비탈에 마치 제비 둥지처럼 수녀원이 하나 자리 잡고 있었어. 수녀 두 명이 종루에 올라가 종을 치고 있었지. 두 사람 모두 젊은 수녀들이었어. 그녀들의 시선은 산 아래로 펼쳐진 속세를 향하고 있었어. 저 아래 길 위에는 마차가 지나가고 우편마차의 나팔 소리가 울려 퍼지고 있었지. 이 어린 수녀들은 생각에 잠겨 그렇게 아래를 내려다보다가 눈물을 글썽였어. 우편마차의 나팔 소리는 점점 사라져 가고 마침내 수녀원의 종소리에 완전히 묻혀 버리더군.

스물네 번째 밤

몇 년 전, 이곳 코펜하겐에서 있었던 일이야. 어느 가난한 집의 창문을 들여다보고 있었지. 엄마와 아빠는 잠이 들었는데 어린 아들은 아직 깨어 있었어. 꽃무늬의 커튼이 움직이면서 어린 아들이 침대에서 살짝 밖을 내다보는 것을 보았지. 처음에는 보른호른 산(産) 뻐꾸기시계를 바라보고 있는 줄 알았어. 그 시계는 빨강과 녹색으로 울긋불긋 색칠이 되어 있고, 윗부분에는 뻐꾸기가 앉아 있었어. 그리고 그 아래에는 납으로 만든 무거운 시계추가 놋쇠도금을 하고는 좌우로 움직이며 똑

딱거리고 있었지.

그런데 아이가 보고 있는 것은 그 시계가 아니었어. 아이는 시계 밑에 놓여 있는 물레를 바라보고 있었던 거야. 이 물레는 그 집에 있는 물건 중 아이가 가장 좋아하는 물건이었지만 절대 만지면 안 되었어. 엄마가 못 만지게 했거든. 엄마가 물레를 돌려 실을 자을 때면 아이는 그 곁에 앉아 웅웅대며 돌아가는 물레 가락과 회전하는 물레바퀴를 몇 시간이고 바라보았어. 그러면서 마음속으로 생각하곤 했지.

'아, 한 번만이라도 저 물레바퀴를 돌릴 수만 있다면!'

엄마와 아빠는 여전히 잠이 들어 있었어. 어린 아들은 잠든 엄마 아빠를 한번 쳐다보더니만 다시 물레에 눈길을 돌렸지. 잠시 후 맨발 하나가 침대에서 나오더니 또 다른 맨발이 뒤를 따라서 나오더군. 이렇게 해서 작은 두 발이 모두 나타났어. 그러더니 콩! 하고 바닥에 내려섰어. 아이는 다시 한 번 엄마와 아빠가 자고 있나 고개를 돌려 살펴보았지. 두 사람은 여전히 자고 있었지. 아이는 살금살금 다가가서는 물레를 돌리기 시작했어. 실이 물레 틀에서 빠져 버리고 물레바퀴는 더욱 빨리 돌아갔지. 나는 아이의 금발 머리와 연푸른색 눈동자에 입을 맞추었단다. 정말 한 폭의 그림같이 아름다운 광경이었어.

그러자 갑자기 엄마가 잠에서 깨어나서, 침대 커튼을 젖히고 방 안을 살펴보았어. 처음에는 꼬마 도깨비나 작은 요정인가 싶었겠지.

"어머나!"

깜짝 놀란 엄마는 아빠의 옆구리를 찔렀어. 아빠는 일어나서 눈을 비비면서 그 분주하게 움직이고 있는 아이를 바라보았어.

"아니 우리 베르텔이잖아!"

아빠가 외쳤어.

그리고 나는 그 남루한 집에서 빠져나왔어. 너도 알다시피 난 이 넓은 세상을 모두 둘러봐야 하거든!

나는 바티칸의 대리석으로 만든 신들의 조각상이 아

주 많은 홀을 내려다보았어. 내가 라오콘 조각상에 빛을 비추자, 이내 돌덩이들이 숨을 내쉬는 것 같았어. 뮤즈의 젖가슴에 살짝 입술을 대자, 마치 생명을 얻은 듯해 보이더군. 하지만 내 빛은 나일강에서 옮겨온 여러 조각상들, 무엇보다도 엄청난 크기의 신상(神像)에 가장 오래 머물렀어. 그 신상은 스핑크스에 기댄 채 그토록 꿈꾸듯이 지난 세월을 생각하고 있는 듯했지. 그 주위에는 작은 큐피드들이 악어 떼와 같이 놀고 있었어. 그 중 작은 큐피드 하나가 풍요의 뿔 안에 들어가 팔짱을 끼고 근엄한 바다의 신을 바라보고 있었지. 그런데 그 모습이 물레를 바라보던 그 아이와 꼭 닮았지 뭐야. 대리석으로 조각된 그 작은 큐피드가 마치 살아 있는 듯 예쁜 모습으로 서 있었어. 돌덩이에서 이 큐피드가 태어난 이후 시간의 물레바퀴가 천 번이나 더 돌았지만 말이야. 이토록 위대한 대리석 조각에 버금가는 조각 작품을 보기 위해서는 베르텔이 몰래 돌렸던 물레바퀴의 회전 수만큼 세월의 바퀴도 회전해야 하는 거지.

그런 일이 있은 지 벌써 여러 해가 지났어! 어젯밤 제란트 섬의 동해안을 따라 내려다보고 있었거든. 거기에는 아름다운 숲과 모래언덕이 있었어. 그곳에 빨간색 담으로 둘러싸인 오래된 저택이 있었는데, 연못에는 백조가 헤엄치고 있었지. 근처에는 아주 아름답고 작은 시골마을이 있었고, 사과 과수원 한가운데에는 교회가 자리하고 있었어.

수많은 배들이 횃불을 켜 들고 고요한 수면 위를 미끄러져 가고 있었어. 횃불은 장어 잡이를 위한 것이 아니라 마을의 큰 잔치가 있었기 때문이지. 음악이 울려 퍼지고 사람들은 노래를 불러 댔지.

오늘 잔치의 주인공이 배 위에 서 있었어. 큰 키에 건장한 체구를 지닌 그 사람은 커다란 외투를 걸치고 있었는데 푸른 눈에 길고 새하얀 머리카락을 지니고 있었지. 나는 그가 누구인지 첫눈에 알아볼 수 있었어. 바티칸에서 보았던 나일강의 조각들과 신들의 조각상들이 떠올랐어. 그리고 예전의 작고 초라했던 방도 생각났지. 그뤠너 골목이었던 걸로 기억하는데 어린 베르텔이 짧은 셔츠 차림으로 조용히 앉아 물레를 돌리던 그 방 말이야. 시간의 물레바퀴는 쉬지 않고 돌아 이제 새로운 신들이 대리석에 조각되어 태어났던 거야. 배 위에서 만세소리가 울려 퍼졌어.

"만세! 베르텔 토르발센(덴마크의 유명한 조각가) 만세!"

스물다섯 번째 밤

 오늘은 프랑크푸르트의 정경을 이야기해 줄게. 거기 어떤 건물 하나가 나의 눈길을 끌었어. 그곳은 괴테가 태어난 집도 아니고 그렇다고 유서 깊은 시청 건물도 아니었어. 시청 건물의 쇠창살이 쳐진 창문을 통해서 들여다보면 황제의 대관식 때 불에 구워 사람들에게 나눠 주던 황소의 뿔 달린 두개골을 아직도 볼 수 있을 테지만 내 관심을 끈 건물은 초라하고 좁은 유태인 거리 한 모퉁이에 있는 녹색 칠이 된 평범한 집이었어. 그 집은 **로트실트**(21세기에 걸쳐 유럽의 경제와 정치사에 막대한 영향을 끼친 은행

가가문)의 집이었지.

 열린 문을 통해 안을 들여다보았지. 계단은 환하게 불이 밝혀져 있었고, 제복을 입은 하인들이 묵직한 은촛대를 들고 의자에 앉은 채 실려 내려오는 노부인에게 절을 하고 있더군. 모자를 벗고 있던 집주인은 노부인 옆으로 다가가 손에 공손히 입을 맞추었어. 노부인은 그의 어머니였지. 노부인은 아들과 하인들에게 상냥하게 고개를 끄덕였어. 하인들은 노부인을 모시고 어둡고 좁은 거리를 지나 어느 작은 집에 다다랐지. 노부인은 그곳에 살고 있었단다. 그곳에서 아이들을 낳았고 바로 그 장소에서 엄청난 행운이 이루어진 거야. 초라한 거리의 볼품없고 작은 집이지만 이곳을 떠나면 행운의 신도 그들을 버릴 것이라고 노부인은 확신하고 있었던 거야.

 달님은 더 이상 이야기를 하지 않았습니다. 이날 밤 달님의 방문은 너무나 짧았던 거지요. 나는 초라하고 좁은 골목에 사는 노부인을 생각해 보았습니다. 말 한 마디만 하면 템즈 강변의 대궐 같은 집을 가질 수도 있고 나폴리 해변에 별장을 가질 수도 있었을 텐데······.

'초라한 집일망정 내 아이들에게 행운을 가져다준 이 집을 버릴 순 없어. 그렇게 하면 행운의 여신이 우리 아이들을 버릴 거야!'

물론 그런 생각은 미신이지요. 하지만 우리가 바로 이 단어를 떠올리면 모두 수긍할 수 있는 미신이랍니다. 그 단어란 바로 '어머니'입니다.

스물여섯 번째 밤

 어제 해 뜰 무렵이었던 것 같아. 도시의 어느 굴뚝도 아직 연기를 내뿜기 전이었어. 그런데 그 많은 굴뚝 중 하나에서 갑자기 조그만 머리가 불쑥 올라오는 게 아니겠니? 이내 몸통을 빼 내더니 두 팔을 굴뚝에 얹어 놓는 거야.
 "만세!"
 어린 굴뚝 청소부였어. 그날 난생 처음으로 굴뚝 맨 꼭대기까지 기어 올라가 머리를 내밀고 만세를 부른 거야.
 "만세!"

그래, 그것은 좁은 관이나 굴뚝 속을 기어 다니는 것과는 확실히 달랐지. 신선한 공기와 시가지 전체를 굽어볼 수 있고 저 멀리 푸른 숲까지 눈에 들어왔으니까 말이야. 해님이 떠오르려 하고 있었어. 햇살을 받은 아이의 얼굴은 기쁨으로 빛나고 있었지. 검댕이 묻어 새까매진 얼굴이었지만 말이야.

"도시 전체가 나를 볼 수 있겠구나!"

아이는 소리쳤지.

"달님이 나를 볼 수 있을 거야, 해님도 말이야! 만세!"

아이는 빗자루를 머리 위로 들어 올리고는 흔들어 댔어.

스물일곱 번째 밤

 지난밤에는 중국의 어느 도시를 내려다보고 있었어. 나는 도시를 둘러싼 기다랗고 밋밋한 흙담을 비추고 있었지. 여기저기 문이 있기는 했지만 모두 굳게 닫혀 있었어. 중국인들은 바깥 세상에 별 관심이 없거든. 담 너머 창에는 두터운 발이 쳐져 있었지. 사원의 창문에는 희미한 빛이 새어 나오고 있었지.
 사원 안을 들여다보자 오색 빛깔의 웅장한 모습이 눈에 들어왔지. 천장에서 벽까지 화려한 색채와 눈부신 금박으로 여러 가지 그림이 그려져 있었어. 이 세상에

서 활약한 여러 신들을 묘사한 그림이지. 여러 개의 단이 있고 그 위에는 신상(神像)이 하나씩 놓여 있었어. 신상들 앞에는 색색의 천과 깃발이 드리워져 신상이 거의 보이지 않을 정도였어. 주석으로 만든 신상 앞에는 작은 제단이 하나씩 있었고, 그 위에는 정화수와 촛불이 놓여 있었지. 그 중 가장 윗자리에 위치한 신은 복신(福神)이라는 이름의 최고신으로, 신성한 노란색 비단을 몸에 두르고 있었어.

복신의 발치에 한 사람이 앉아 있었어. 젊은 승려로 불공 드리기에 몰두해 있는 것처럼 보였지만 실은 잡념에 사로잡혀 있는 듯했지. 왜냐하면 두 뺨이 붉게 물들더니 이내 머리를 바닥에 깊이 수그렸거든.

가엾은 수이홍! 거리의 긴 담들과 집을 사이에 두고 있는 작은 화단에서 꽃을 가꾸는 자신의 모습을 상상하고 있는 것일까? 화단에서 꽃을 가꾸는 것이 사원을 청소하거나 초가 타들어 가는 냄새를 맡는 일보다 훨씬 나을 것이라는 생각을 하고 있을까? 혹 맛있는 음식이 가득 차려진 상 앞에서 은빛 종이로 입을 닦아 가며 배

불리 먹는 꿈을 꾸고 있었던 것일까? 아니면 그의 죄가 너무 커서 죄를 고백하면 하늘의 옥황상제가 죽음의 형벌을 내릴지도 모른다고 생각하는 것일까? 그것도 아니면 오랑캐들의 배를 얻어 타고 머나먼 영국이라는 나라로 가는 꿈을 감히 꾸고 있는 것일까?

모두 아니었어. 그의 상념은 그리 멀리까지 날아가지 않았어. 그는 젊은 혈기로 인한 죄스런 생각을 하고 있었어. 더구나 사원 안 복신의 신전 앞이었으니 그 죄가 더욱 무거웠지. 나는 그의 생각이 어디로 향하고 있는지 다 알고 있었지.

시 외곽에는 기와를 얹은 지붕들이 있었어. 지붕 난간은 자기(瓷器)로 되어 있었고, 하얀 도라지꽃을 꽂은 화병이 놓여 있었지. 그 지붕 위에 '페'라는 여인이 앉아 있었어. 장난기 어린 작은 눈매에 도톰한 입술을 하고 있었고, 발은 매우 작았어. 전족을 한 발이 아팠지만, 가슴속에는 더 큰 고통이 자리하고 있었지. 통통하고 고운 팔을 들어 올리자 비단옷이 사각거렸어. 그녀 앞에는 네 마리 금붕어를 담아 놓은 어항이 있었지. 그녀는 예쁘게 색칠된 나무 막대로 어항의 물을 저어 대기 시작했어. 아주 천천히, 깊은 생각에 잠긴 채 말이야. 아마도 이렇게 생각했겠지.

'이렇게 아름다운 금빛 옷을 입고 아무 걱정 없이 좋은 음식을 받아먹고 사는 금붕어들아! 너희들도 어항 안에서 사는 것보다 풀려나서 자유롭게 사는 것이 훨씬 더 행복하겠지?'

그녀의 생각은 집을 떠나 사원을 맴돌고 있었단다. 하지만 신들에게 경배하기 위한 것은 아니었어. 가엾은 페! 불쌍한 수이홍!

그 둘의 세속적인 상념은 서로를 향해 달려갔지만 내 차가운 빛이 천사의 칼날처럼 두 사람 사이에 가로놓여 있었지.

스물여덟 번째 밤

 바다는 바람 한 점 없이 잔잔하고 바닷물은 공기처럼 투명했지. 난 그 위를 미끄러져 가고 있었어. 일렁이는 파도 저 아래에는 신기하게 생긴 여러 가지 바다풀들이 기다란 줄기를 뻗고 있었어. 마치 커다란 숲속의 나무 같아 보였지. 그리고 그 위로는 물고기들이 노닐고 있는 모습을 볼 수 있었어.

 하늘에는 백조 떼가 무리를 지어 높이 날고 있었지. 그 중 한 놈이 지친 날갯짓을 하며 점점 밑으로 가라앉는 것이 보였어. 그 녀석의 두 눈은 점점 멀어져 가는 백조의 무리를 뒤쫓고 있었지. 지친 백조는 두 날개를 활짝 펴고 마치 비눗방울이 바람 없는 고요한 공간 속으로 떨어지듯 밑으로 가라앉더니 마침내 내려앉는 것이었어. 머리를 뒤로 돌려 날개 속에 파묻고는, 고요한 호수 위에 연꽃처럼 아무런 움직임 없이 떠 있었던 거야.

바람이 불자 잔물결이 반짝반짝 빛을 반사하며 부챗살처럼 일기 시작했고, 이윽고 커다란 파도로 변해 갔어. 그때 백조가 머리를 들었지. 그러자 빛을 발하는 파도가 마치 새파란 불꽃처럼 백조의 가슴과 등을 내리쳤어.

새벽의 여명이 구름을 붉게 물들이고 있었어. 기운을 되찾은 백조는 떠오르는 해를 향해, 그리고 푸른 해안을 향해 날아올랐지. 백조의 무리들이 앞서 지났던 길을 홀로 외롭게 날아갔지. 무리를 향한 그리움을 가슴에 가득 안고서 백조는 넘실대는 푸른 파도 위를 외로이 날아가고 있었어.

스물아홉 번째 밤

스웨덴에서 보았던 것을 말해 줄게. 빽빽한 소나무 숲 사이 음산한 록셴 호숫가 근방에 오래된 브레타 수도원이 있지. 내 빛은 쇠창살이 둘러진 벽을 통과해 널찍한 납골당 안으로 미끄러져 들어갔어. 거기에는 여러 왕들이 잠들어 있는 돌로 만든 커다란 관이 놓여 있었어. 세속의 권위를 상징하는 왕관이 무너져 가는 벽 위에서 빛을 발하고 있었어. 하지만 그 왕관은 나무로 만들어진 거야. 금박을 칠하고 벽에 나무못을 박아 걸어 놓은 것이지. 벌레들이 금박을 한 왕관 깊숙이 파먹어

들어갔고 애도하기 위해 쓰는 면사포처럼 왕관에서부터 관까지 거미줄이 쳐져 있었어. 죽은 자들에 대한 슬픔 또한 그 거미줄처럼 참으로 쉽게 끊어져 버리고는 하지.

그들은 평온하게 잠들어 있었어! 난 그곳에 잠들어 있는 왕들 모두를 또렷이 기억하고 있어. 그들의 입가에 머물던 거만한 미소가 지금도 보이는 듯해. 바로 그 입술로 보통 사람들에게 기쁨이나 슬픔을 가져다 줄 수 있는 중요한 결정들을 내리곤 했지.

증기선이 달팽이처럼 산으로 둘러싸인 항로를 따라 뱅글뱅글 돌 때면 이방인들이 그곳 수도원으로 순례를 와서 납골당을 찾곤 하지. 그들은 왕들의 이름을 물어보기는 하지만 그 이름은 낯설고 아무런 의미도 없어. 누군가는 벌레가 파먹은 왕관을 보고는 입가에 미소를 짓기도 해. 만일 그가 경건한 사람이라면 그 미소 속에 어떤 비애가 깃들기도 하지.

죽은 이들이여! 고이 잠드소서.
여기 이 달님이 그대를 여전히 기억하고 있으니,
밤이면 밤마다
소나무 왕관이 걸려 있는 그대들의 고요한 왕국으로
내 차가운 달빛을 보내 주리이다.

서른 번째 밤

 큰길가에 여인숙 한 채가 있고 그 맞은편에는 커다란 마차를 세워 둘 수 있는 헛간이 자리한 곳이 있어. 헛간은 지붕에 새로 짚을 엮어 올렸는데 아직 완성된 것은 아니었지. 서까래 사이 다락창을 통해 어두컴컴한 헛간을 들여다보았어. 수칠면조가 대들보 위에 올라앉아 졸고 있었고, 말 안장은 텅 빈 여물통 안에 놓여 있었지.

 헛간 한가운데에는 마차가 서 있었는데, 그 안에서 여행객들이 단잠에 빠져 있었지. 말에게 물을 먹인 뒤라 마부는 두 다리를 쭉 펴고 쉬고 있었어. 지금까지 여행을 하면서 절반 이상을 편안한 잠으로 보냈으면서도 말이야. 하인들의 방은 열려 있고 침대는 들쑤셔 놓은 듯 엉망이었어. 바닥에 놓인 촛불은 이미 심지 끝까지 타 들어가고 있었어. 차가운 바람이 헛간으로 스며들었고, 시간은 이미 한밤중을 지나 새벽이 가까워 오고 있었어. 헛간 한쪽 외양간에는 가난한 떠돌이 악사와 그 가족들이 잠들어 있었단다. 아빠와 엄마는 술병에 남아 있는 타는 듯한 독주를 꿈에 마시고 있었을 거야. 하지만 헬쑥한 얼굴의 여자아이는 뜨거운 눈물을 꿈에서 흘리고 있었어. 그들 머리맡에는 하프가 놓여 있었고 발치에는 강아지가 누워 있었지.

서른한 번째 밤

 작은 시골 마을에서 일어난 일이야. 그 일을 목격한 지도 벌써 일 년이 지났지만 상관없어. 난 모든 것을 아주 자세하게 기억하고 있으니까. 오늘밤 신문에 그에 관한 기사를 읽었는데 간단하게 다루고 넘어가 버리더군.

 자그마한 여인숙의 식당에서 곰 조련사가 저녁 식사를 하고 있었지. 춤추는 재주를 가진 곰은 마당 앞 장작더미 뒤에 묶여 있었어. 가엾은 곰은 보기에는 사나운 것 같았지만 누구에게도 해를 끼치는 일이 없었지. 저

위 다락방에서는 어린아이 세 명이 내 빛을 등잔 삼아 놀고 있었어. 가장 큰 아이가 예닐곱 살쯤이었고 가장 작은 아이는 두 살이 채 안 되어 보였지.

'쿵! 쿵!' 누군가 계단을 오르는 소리가 들렸어. 도대체 누구일까? 다락문이 벌컥 열리더니 거기에 곰이 서 있는 것이 아니겠어! 온통 털로 뒤덮인 엄청나게 큰 곰이었지. 마당 밖에서 기다리다 지루해진 곰이 층계를 발견하고는 이곳으로 올라온 거였어. 나는 그 모든 광경을 빠짐없이 지켜보고 있었지.

털북숭이의 큰 짐승을 본 아이들은 깜짝 놀라 구석으로 달려가 몸을 숨겼지. 곰은 아이들을 차례대로 찾아내서 킁킁거리며 코를 들이대긴 했지만 아무 해도 입히지 않았어.

'곰이 아니라 커다란 개인가 보네.'

아이들은 그렇게 생각하고는 곰을 쓰다듬기 시작했어. 곰이 바닥에 몸을 쭉 펴고 눕자 제일 조그만 아이는 곰의 검은 털 속에 곱슬머리를 파묻고 함께 구르며 숨바꼭질 놀이를 했지. 그러자 이번에는 가장 큰 아이가 북을 꺼내와 힘껏 두드려 댔어. 그러자 북소리에 곰이 앞발을 들고 일어서 춤을 추기 시작했지.

얼마나 신나는 모습이었는지 몰라! 아이들이 어깨에 장난감 총을 메자 곰도 따라 힘차게 어깨총을 했지. 아이들은 함께 놀 좋은 친구를 만난 것이었어. 아이들과 곰은 행진을 하기 시작했어. 하나, 둘, 하나, 둘!

그때 갑자기 다락방 문이 열리고 아이들의 엄마가 나타났어. 엄마의 표정이 어땠는지 직접 봤어야 하는데! 무서워서 아무 말도 못하고 있는 엄마의 얼굴은 백짓장처럼 새하얗게 질리고, 입은 떡 벌어져 있었지. 그리고 두 눈은 공포로 인해 유리알처럼 얼어붙어 있었어. 하지만 막내 아이가 엄마를 즐거움에 찬 눈으로 쳐다보며 순진한 목소리로 외쳤어.

"엄마, 우리 지금 병정놀이 하고 있어."

그때 곰 조련사가 나타났지!

서른두 번째 밤

바람이 거세지고 또 차가워졌습니다. 구름이 빠르게 흘러갔습니다. 잠깐씩밖에 달님을 볼 수 없었습니다.

고요한 하늘 위에서 흘러가는 구름을 보고 있었어. 구름의 커다란 그림자가 땅 위로 지나가는 모습이 보였지. 그러다가 어느 감옥을 내려다보게 되었어. 창문 하나 없는 호송마차가 죄수를 데리고 가기 위해 감옥 바깥에서 기다리고 있었지. 내 빛은 쇠창살을 지나 그 죄수가 갇혀 있는 방의 벽을 비추었어. 죄수는 감옥을 떠

나는 기념으로 벽 위에 무언가를 새겨 넣고 있었는데, 글자가 아니라 멜로디였어. 그 감방에서 보내는 마지막 밤에 느껴지는 절실한 감정을 멜로디에 담았던 거야.

그때 문이 열리고 죄수가 밖으로 끌려 나왔어. 그는 머리를 들어 둥그런 내 얼굴을 쳐다보더군. 나와 죄수 사이로 구름이 흘러들어 왔어. 그가 내 얼굴을 보아서도, 내가 그의 얼굴을 보아서도 안 된다는 듯이 말이야.

그가 마차에 오르자 문이 닫히고 채찍 소리가 났어. 죄수를 태운 마차는 깊은 숲속으로 달려가기 시작했지. 그곳은 더 이상 내 빛이 닿을 수가 없었어.

난 쇠창살 사이로 다시 한 번 그의 방을 들여다보았어. 그러자 내 빛이 닿는 곳에 마지막 인사로 남겨 놓은 벽 위의 악보가 보였어. 말로는 표현할 수 없는 것을 때로는 음악이 얘기해 주는 경우가 있지. 그렇지만 내 빛이 약해서 음표 몇 개만이 보일 뿐, 도저히 더 이상을 알아볼 수가 없었어. 죽음의 노래일까? 아니면 기쁨의 노래? 죽음을 맞기 위해서 마차를 타고 떠난 것일까? 아니면 사랑하는 이의 품으로 돌아가는 길이었을까?

달님이라도 사람들이 써 놓은 모든 것을 다 읽어 낼 수는 없는 법이야. 거대하고 고요한 하늘 위에서 흘러가는 구름을 보고 있으려니 커다란 그림자를 땅위로 드리우는 것이 보였지.

서른세 번째 밤

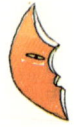

난 아이들을 무척이나 좋아해. 특히 작고 어린 아이들을 좋아하지. 아이들을 보면 기분이 좋아져. 아이들이 날 전혀 의식하지 않고 있을 때 커튼과 창틀 사이로 방 안을 살그머니 엿보지.

애들이 옷을 입을 때나 벗을 때 바라보고 있자면 정말 재미있어. 먼저 둥그스름한 맨살의 어깨가 옷에서 살짝 나오고, 두 팔이 어깨를 따라 빠져나오지. 양말을 벗을 때 보이는 하얗고 포동포동한 다리와 작고 새하얀 발은 정말이지 뽀뽀해 주지 않곤 견딜 수 없을 정도로 귀여워.

오늘 저녁에 있었던 일을 들려주고 싶어. 난 커튼이 드리워지지 않은 창 안을 들여다보게 되었어. 건너편에 아무도 살지 않았기 때문에 커튼을 칠 필요가 없었던 거야. 서로 형제자매간인 아이들이 보였어. 그 중에 작은 여자 아이가 있었지. 여자 아이는 이제 겨우 네 살이었지만 오빠 언니와 마찬가지로 주기도문을 암송할 수 있었어. 매일 저녁 엄마는 침대 옆에 앉아 여자 아이의 기도를 가만히 들어 주었지. 기도가 끝나면 엄마는 아이에게 입을 맞추고 잠이 들 때까지 아이 곁에 있었어. 아이는 눈을 감자마자 이내 꿈나라로 빠져 들었지.

오늘 저녁에는 첫째와 둘째 녀석이 수선을 좀 피웠지. 첫째는 흰색의 긴 잠옷을 입은 채 한 발로 춤을 추었고 둘째는 다른 아이들의 옷을 올려놓은 의자에 올라가 그리스 조각상이라면서 자세를 취했어. 셋째와 넷째는 장난감을 조심스럽게 서랍 안에 정리하고 있었지. 그것이 셋째와 넷째가 맡은 일이었거든. 막내의 침대 옆에 앉아 있던 엄마는 모두에게 조용히 하라고 타일렀어. 막내 아이가 기도를 드려야 할 시간이었던 거야.

등잔불 너머 네 살짜리 막내 아이를 보니 아이는 작은 두 손을 모으고 깨끗하게 새로 세탁한 침대 시트 위에 누워 있었어. 아이의 얼굴은 무척 진지했지. 주기도문을 외우고 있는 중이었거든.

"그런데 애야!"

갑자기 엄마가 기도하는 아이를 가로막고 물었어.

"'오늘 우리에게 일용할 양식을 주옵시고'라고 한 다음에 기도문에 없는 말을 항상 중얼거리는데, 도대체 뭐라고 하는 거니?"

"엄마, 화내지 마. 그냥 '일용할 양식을 주시되, 버터를 듬뿍 바른 빵으로 주세요.'라고 기도드린 거예요."

역자의 이야기
안데르센과 그의 작품에 대하여

안데르센 [Hans Christian Andersen, 1805. 4. 2~1875. 8. 4]의 『그림 없는 그림책(Billedbog uden Billeder, 1840)』은 어른들을 위한 동화이다. 고향마을의 숲과 푸른 언덕 대신에 잿빛 굴뚝들만 지평선을 이루는 낯선 대도시의 어두운 다락방에서 하릴없이 살아가는 가난한 화가에게 어느 날 밤 정든 달님이 찾아온다. 친구 한 명 없고 반겨 주는 낯익은 얼굴 하나 없는 삭막한 도시의 밤을 비춰 주는 달님은 가난한 화가의 어둠침침한 다락방을 밝혀 주고 답답한 마음을 어루만져 준다.

달님은 밤마다 찾아와 그간 온 세상을 비추면서 보고 들은 이야기들을 들려주고, 가난한 화가는 달님이 들려준 33편의 이야기를 담담하게 다시 그려내고 있다. 달님이 들려주는 이야기는 때로는 한 폭의 풍경화처럼 잔잔한 감동을 주기도 하고, 때로는 역사책 속의 중대 사건을 묘사한 정밀화를 보고 있는 듯한 섬뜩함을 안겨 주기도 한다.

봉건적 질서의 질곡에서 갓 벗어난 19세기 중반, 급속한 산업화의 결과 야기된 도시화의 그늘에서 그 존재 기반을 위협받고 있는 예술가의 어두운 내면의 그림자를 다시금 밝게 해 줄 수 있는 것은 안데르센만이 지닌 동화적인 상상력이었다. 안데르센의 동화는 결코 현실과 동떨어진 판타지가 아니라 잿빛 굴뚝들의 지평선 너머 저 멀리 고향땅에 잊고 온 삶의 의미를 다시금 되뇌게 하는 교훈적 요소를 지니고 있다. 뿐만 아니라 『그림

없는 그림책』에는 프랑스 혁명의 여파와 동시대의 정치적 현실에 대한 풍자와 비판도 눈에 띤다.

안데르센은 덴마크의 오덴세 지방에서 가난한 양화공의 아들로 태어났다. 안데르센은 연극배우가 되기 위해 14세의 어린 나이로 코펜하겐으로 무일푼 단신 상경하였다. 우여곡절 끝에 운 좋게 대학 교육의 기회를 잡고 작가로 성공하게 되었지만 그의 자아정체성을 이루는 많은 부분은 어린 시절 시골마을에서 일상적으로 대하던 숱한 미신들과 기발한 이야기들이었다.

안데르센의 동화는 상호 대립적인 세계와 가치관의 산물이다. 시골 고향마을과 코펜하겐의 상이한 문화적·사회적 환경의 차이와 낭만주의와 사실주의의 양립, 계

층과 계급간의 대립 속에서 안데르센의 동화적 상상력은 빛을 발할 수 있었다. 평생 덴마크를 벗어난 적이 별로 없었던 동시대의 키에르케고르와는 달리 안데르센은 독일과 이탈리아를 비롯하여 유럽의 각지를 29차례나 여행하고 전 생애에 걸쳐 9년 동안이나 국외에 머물렀으며, 평생 독신으로 살았다.

특히 1833년 이탈리아 여행의 인상과 체험을 바탕으로 창작한 『즉흥시인』(1835)이 독일에서 호평을 받으면서 안데르센은 작가로서의 입지를 얻게 된다. 같은 해에 시작된 『동화집』 간행을 계기로 동화 작가로만 알려져 있지만 다수의 시와 희곡도 저술하였다. 안데르센의 동화들은 1835년부터 1872년까지 거의 평생에 걸쳐서

꾸준히 발표되었다. 〈인어 공주〉〈미운 오리새끼〉〈벌거숭이 임금님〉 등 130편의 동화들은 시대와 공간을 넘어서 여전히 전 세계의 어린이들에게 널리 읽히고 있다.

처음 독일에서 출간되었던 시기의 판본을 우연히 고서 아카이브에서 얻게 되어 번역의 저본으로 삼았다. 이 책의 출간을 위해 힘써 준 인디북 식구들에게 감사드린다. 그리고 먼저 간 친구에게도 달님이 우리의 소식을 전해 줄 것이라 믿는다……

2007년 8월

김영룡

■ 김영룡 (金永龍)

서울대 독문과를 졸업하고(M.A), 독일 마르부르크대학 및 베를린대학에서 수학(Ph. D)하였다. 현재 서울대에서 강사로 활동하면서 번역과 글쓰기에 전념하고 있다.

■ 유영국

서울대학교 미술대학 회화과를 나와 성산멀티미어 아트디렉터, 계원예술고등학교 강사를 거쳐 현재 아트필 유학미술학원에서 드로잉을 가르치고 있다.
드로잉을 한 작품으로는 『프래니와 주이』, 『유년시절』, 『클로드의 안경』외 다수가 있다.

그림 없는 그림책

1판 1쇄 발행 | 2007. 9. 3
1판 2쇄 발행 | 2007. 10. 15

지은이 | 한스 크리스티안 안데르센
옮긴이 | 김영룡
드로잉 | 유영국
펴낸이 | 박옥희
펴낸곳 | 도서출판 인디북

등록일자 | 2000. 6. 22
등록번호 | 제10-1993호
주　　소 | 서울시 마포구 용강동 469 하나빌딩 2층
전　　화 | 02)3273-6895　팩　스 | 02)3273-6897
홈페이지 | www.indebook.com

ISBN 978-89-5856-094-4 03890
* 잘못 만들어진 책은 구입처나 본사에서 교환해 드립니다.